KB267830

아주 몹쓸 능력: 생각이 둘리기 시작 했다

아주 몹쓸 능력: 생각이 들리기 시작했다

서해문집 청소년문학 043

초판 1쇄 발행 2026년 3월 5일

지은이   박상기
펴낸이   이영선
책임편집   조유진 김종훈

편집   이일규 김선정 김문정 김종훈 이현정 조유진
디자인   김회량 위수연
독자본부   김일신 손미경 정혜영 김연수 김민수 박정래 김인환

펴낸곳 서해문집 | 출판등록 1989년 3월 16일(제406-2005-000047호)
주소 경기도 파주시 광인사길 217(파주출판도시)
전화 (031)955-7470 | 팩스 (031)955-7469
홈페이지 www.booksea.co.kr | 이메일 shmj21@hanmail.net

ⓒ박상기, 2026
ISBN 979-11-94413-90-5 43810

서해문집
청소년문학
043

아주 몹쓸 능력: 생각이 들리기 시작했다

박상기 장편소설

서해문집

피에로그

“요즘 어지럽고 자주 토하지?”

“아뇨.”

“식욕이 없거나 잠을 못 잘 수도 있는데?”

약품 냄새가 묘한 긴장을 불러일으키는 이곳은 병원이었다. 매년 몇 번씩 오는데도 낯설고 답답한 진료실. 화면에는 수박을 단칼에 잘라 놓은 듯한 흑백 사진이 띄워져 있다. 나의 뇌 CT 사진이었다. 3년째 나를 맡아 진료 중인 신경과 의사는 석연찮은 얼굴로 츱, 츱, 소리를 냈다. 내 말을 안 믿는 눈치다.

“이상하단 말이지. 애가 점점 쪼그라들어야 하는데 아직 그대로니···. 더 커지면 수술로 제거할 수밖에 없어.”

의사가 뇌 단면 사진의 오른쪽 끝부분을 가리키며 말했다. 그곳에는 아주 확연한 점이 있었다. 아니, 점이라기보다는 덩어리에 가까웠다. 그리고 그 크기만큼 의사는 우려를 표했다. 수술 얘기도 들었지만, 굳이 그럴 필요가 없다는 것쯤은 알고 있다. 나는 이 덩어리가 무엇인지 분명히 아니까. 다만 가끔 찾아오는 편두통을 가라앉히려고 병원을 찾는 것이었다.

의사가 종양이라 여기는 흰 덩어리는 2년 전부터 나와 함께였다. 당시에도 나는 이 병원에 왔고, 처음으로 덩어리의 존재를 확인했다. 그때부터 내겐 특별한 일이 생기기 시작했다. 나는 당시의 일들을 아직도 잊지 못한다.

그 무렵의 한 달은 내 인생 중 가장 진한 농도였다.

2년 전, 충격

처음 눈에 들어온 건 하얀 가림막이었다. 나는 딱딱한 침대에 모로 누운 상태였고 시트엔 '선향 병원'이라는 글씨가 어지럽게 반복 인쇄되어 있었다. 고개를 돌리니 베개에서 소독약 냄새가 풍겼다. 목덜미부터 정수리까지가 뻐근했다. 마치 누군가 내 머리통에 맷돌을 짓이겨 놓은 느낌이었다.

"아이 씨…."

왼쪽 팔뚝에 꽂힌 링거 줄이 팽팽하게 당겨지고 있었다. 돌아눕다가 몸에 엉킨 줄을 다시 풀어 놓았다. 거추장스러운 건 딱 질색이다. 나는 상체를 일으키며 살아 있음을 확인하듯 욕을 뱉었다. 수액 주머니 아래에 붙은 작은 카드엔 'Male, 15, 김영우'라 쓰여 있었다. 막상 저렇게 보니 내 이름이 참 낯설다.

그런데 잠깐, 내가 왜 여기 있는 거지?

응급실에 실려 온 적은 전에도 몇 번 있었다. 하지만 이번엔 무슨 일로 왔는지 기억이 나질 않았다. 머리가 띵한 게 모든 기억이 흩어져 버린 느낌이다. 평소에는 존재하는지도 몰랐던 하찮은 뇌가, 지금은 생각을 허락하지 않으려는 듯 콕콕대는 통증으로 압박해 왔다.

그때 간호사가 가림막을 열어젖혔다.

"학생 일어났어? 충격이 컸을 텐데, 계속 누워 있어."

그러고는 수액의 남은 양을 확인하더니 가림막을 도로 닫아 버렸다. 무엇 하나 물어볼 틈도 주지 않는다. 성질 급하긴…. 다시 누우니 머리 아픈 건 많이 가라앉았다. 충격이 컸을 거라니. 내가 받은 충격이라는 게 무엇일까. 나는 간호사가 남긴 말에 근거하여 아침부터 있었던 일들을 차례로 떠올려 보았다.

제일 먼저 떠오른 건 준혁이였다. 초등학교 때부터 친구이자 오른팔인 준혁이하곤 아침마다 학교 옥상 아지트에서 같이 담배를 피운다. 준혁이는 어른에게 안 들키는 법을 잘 알고 있다. 이를테면 손가락 대신 일회용 젓가락을 쓴다든지, 담뱃갑 대신 지퍼 안쪽에 저장 공간이 있는 필통을 사용한다든지. 철두철미한 준혁이 덕분에 3학년이 된 후로 걸린 적은 없었다. 잠깐, 이건 내가 받은 '충격'하고는 아무 상관이 없다. 흡연 도중에 질식해서 쓰러졌을 리도 없고.

그다음으로 떠오른 기억은 어디서 굴러먹다 만 2학년의 종길이라는 녀석이었다. 내 크루에 있는 후배들 말로 요즘 하늘 무서운지 모르고 설친단다. 실제로 후배 몇이 이미 얻어맞은 듯했다. 학교 평화를 책임지는 나로서 가만히 있을 순 없기에 놈을 체육관 뒤로 불러내 간단히 교육 좀 했다.

쩍! 쩍! 쩍!

나는 손바닥으로 턱을 올려 치는 순간을 좋아한다. 상대가 완전히 무저항일 때만 나올 수 있는 자세이기도 하고, 해골이 덜컥거리는 감촉하며, 아무리 때려도 흔적이 남지 않는 게 매력이랄까. 종길이는 열중쉬어 자세로 내게 스무 대쯤 맞았다. 마지막에 목젖을 찔러 버린 건 실수가 아니었다. 무릎 꿇은 채로 목을 부여잡고 쿨럭거리는 종길이의 머리채를 쥐고 나는 딱 한 마디 해 줬다.

"앞으로 나 보면 인사해라."

그런데 이것도 내가 받은 충격하곤 별 상관없는 일이었다. 종길이 녀석이 뒤에서 내 머리를 후려쳤을 리도 없지 않은가. 그래서 다음으로 옮겨 간 기억은 점심 무렵의 체육 시간이었다.

모처럼 옆 반과 축구 시합을 했다. 게다가 웬일로 여자애들까지 응원을 해 주었고, 그중에는 소연이도 있었다. 표정과 몸짓 하나하나가 내 눈을 간지럽히는 느낌이었다. 3월부터 점찍은 애라, 언젠가 사귀어 보리라 마음먹었다. 그렇다 보니 경기에 임하는 의욕이 솟구쳤다. 나는 골키퍼였기에 A매치의 수문장처럼 우리 팀에게 끊임없이 수비를 지시했다.

"인마, 백 패스 하지 말라고!"

"바짝 붙어! 새끼들아!"

이 정도면 아주 카리스마 넘치는 골키퍼 아닌가. 소연이도 열정적인 내 모습을 지켜보았을 것이다. 우리 팀은 내 진두지휘에 힘입어 1대 0으로 앞서가고 있었다. 그런데 기억이 딱 거기까지였다. 그 뒤로 무슨 일이 벌어졌는지 떠오르질 않았다. 딱히 상대 선수가 날린 축구공에 맞은 것 같지도 않다. 대체 어떤 충격을 받았는지 짐작도 가지 않았다.

한참을 골몰히 생각하던 중에, 아까 봤던 간호사가 다시 가림막을 열어젖혔다.

"학생, 보호자한테 연락 왔어. 뇌 CT 한번 찍어 보래."

뭐가 뭔지 하나도 모르겠는데 뇌 CT 촬영이라니. 나에게 보호자라면 딱 하나, 그 인간밖에 없다. 예의상 아빠라고 불러 줄 뿐이다. 가족의 고통은 신경도 안 쓰는 사람. 엄마를 집요하게 괴롭힌 끝에 3년 전에 갈라섰다. 분명 사이코패스일 것이다. 그나마 형사라 나를 먹여 살리는 데 지장이 없어 성질 죽이고 지내는 중이다. 나는 아빠에게 낼 신경질을 간호사에게 부렸다.

"뭘 CT를 올 때마다 찍어요?"

"왜 나한테 묻니. 보호자가 찍으래서 찍는 거지."

"그거 몸에 안 좋다면서요."

아버지란 작자가 1년이 멀다 하고 뇌 CT를 찍게 하니 나도 스마트폰으로 검색해 본 적이 있다. 엑스레이로 가슴을 찍는 것보다 방사능 피폭량이 200배나 더 높단다. 어쩐지 찍을 때마다 어지럽고 두통에 시달린다 했다. 그런데 충격 받은 내 머리에 방사선을 또 쏟아붓는다니. 이거 합법적으로 날 죽이려는 게 아닌지 모르겠다. 충분히 그리고도 남을 인간이다.

"그냥 찍었다 치고, 이상 없다 해요."

간호사는 픽 웃을 뿐 대꾸조차 없었다. 나를 완전히 진상으로 취급하는 눈빛이다. 내가 오토바이 타다가, 싸움하다가 여기 실려 온 게 몇 번인데 VIP 대접은 못할망정. 순순히 일어나기엔 엿 같은 기분이라, 보란 듯 욕을 내뱉고 링거를 질질 끌며 따라갔다. 간호사는 흘끔 뒤돌아볼 뿐 여전히 말이 없었다. 하여간 더럽게 재미없는 병원이다.

저녁 6시가 다 돼서야 아빠가 나타났다. 오른손을 촌스러운 회색 양복 주머니에 푹 찔러 넣은 채로 어슬렁대는 걸음걸이는 아빠의 전매특허였다. 아빠는 나를 보면 항상 10초쯤 아무 말도 하지 않는다. 범죄자를 취조할 때처럼 노려보면서 말이다. 침묵하긴 나도 마찬가지였다. 이런 기싸움은 절대 지면 안 된다. 수염이 숭숭한 아빠 면상을 보고 있자니 기분이 별로였다.

잠시 후, 정적을 먼저 깬 건 아빠였다.

"너 뇌출혈 있대."

"뭐?"

"뇌출혈이라고. 측두엽 부분에."

이 말을 전하는 아빠의 목소리는 어찌 그리도 담담하단 말인가. 울먹이며 말해 주기를 바라는 건 아니지만, 혼자 CT 결과를 듣고 와서는 날벼락 같은 소리를 아무렇지 않게 지껄이고 있다니. 드라마 같은 데서 노인네들이 머리통 부여잡고 쓰러질 때의 원인이 뇌출혈 아니던가.

"나 지금 아무렇지도 않은데?"

아빠는 아까 그 간호사처럼 픽 웃었다.

"넌 원래 몸이랑 뇌랑 따로 놀잖아."

"…아빠 지금 안 심각해?"

욕만 하지 않았을 뿐이지, 방금 말은 분노를 가득 담아 내뱉은 것이었다. 아들이 뇌출혈이라는데 빈정대고 있는 꼴이라니. 아빠는 그제야 이죽거리던 낯빛을 접고 제대로 말해 주었다.

"경미한 뇌 손상이래. 수술은 필요 없는 정도라니까 약만 받아 가."

나는 백발이 성성한 신경과 의사에게 불려 가 이런저런 주의점을 들었다. 정말로 나의 뇌 사진 오른쪽 끝부분엔 하얗게 변색되어 보이는 점이 있었고, 의사 말로는 그곳이 측두엽 중에서도 청각 피질에 해당한다고 했다. 약 먹고 혈전을 가라앉히는 동안에 가끔 잡음이나 환청이 들릴 수도 있단다. 생명에 지장을 주는 부분이 아니니 걱정하지 말고 안정을 취한 후, 한 달 뒤에 다시 보자고도 했다.

그러면서 당분간은 격렬한 운동 따위 하지 말 것, 미성년자이니 더더욱 술과 담배를 하지 말 것, 기름진 음식을 피할 것과 같은 잔소리가 이어졌다.

겨우 반나절 누워 있었을 뿐인데 병원을 나서니, 마치 며칠은 입원한 듯 체증이 싹 가셨다. 어둑해진 4월 저녁의 바람은 쌍욕이 튀어나올 만큼 상쾌했다. 여전히 편두통이 있어 머리가 콕콕 쑤셨지만, 약 먹은 뒤부터는 참을 만했다. 아빠는 건들건들 한 손을 주머니에 찔러 넣은 채로 내게 물었다.

"저녁 뭐 먹을래?"

보통은 집 근처 주민 센터에 가서 저녁 급식을 사 먹는다. 아빠나 나나 집에서 다소곳이 저녁밥을 차리는 일은 절대 없다. 집에 안 들어올 때가 태반인 아빠이기에, 이 시간대면 나는 주로 친구들과 돌아다니곤 했다. 그런데 지금은 저녁 급식소 운영 시간도 지났고, 꼼짝없이 아빠와 저녁을 먹게 생겼다. 나는 돌아가지도 않는 머리를 굴려 대답했다.

"삼겹살."

"기름진 거 먹지 말랬잖아, 인마."

아빠가 들어간 곳은 해장국 집이었다. 아니, 이럴 거면 나한테 메뉴를 왜 물어봐? 나는 부글부글 끓는 속을 삭이며 따라 들어갔다. 아빠는 정말로 기름기라곤 찾아볼 수 없는 콩나물 해장국 두 그릇을 시켰다. 그러고는 주머니에서 무언가를 꺼냈다.

"자, 네 휴대폰."

아빠가 학교에도 들렀던 모양이다. 폰을 받자마자 전원을 켰다. 아빠는 식당 텔레비전에 나오는 프로 야구 중계를 보느라 음식 나올 때까지 날 쳐다보지도 않았다. 메시지 두 개가 준혁이에게서 와 있었다.

역시 내 오랜 친구이자 오른팔이다. 문병까지 와 주겠다는 녀석의 마음 씀씀이에 기분이 좋아졌다. 나는 응급실에서 바로 퇴원했다고 답장했다. 준혁이는 기다리고 있었는지 곧장 다음 메시지를 보내왔다.

이 말에 궁금증이 치솟았다. 나는 빠른 문자 입력 솜씨로 준혁이에게 물었다.

아, 인장중학교를 주름잡는 짱이 고작 축구하다 모두가 보는 앞에서 쓰러지다니. 이 무슨 쪽팔린 일이란 말인가. 게다가 소연이도 경기를 보고 있었는데! 콩나물국에 얼굴 처박고 죽어 버리고 싶다. 입맛까지 싹 사라졌다. 나는 준혁이에게 내일 보자는 말만 남기고 폰을 내려놓았다.

"혹시나 해서 말해 두는데 말이야."

콩나물을 열심히 욱여넣던 아빠가 갑자기 입을 열었다. 나는 말없이 바라만 봤다. 아빠는 약간 뜸을 들인 후에 조용히 말했다.

"아까 의사가 얘기한 증상, 들려도 너무 심취하지 마."

"뭐, 환청? 그런 거 별로 관심 없는데."

흘려듣고 넘겼더니 아빠는 또 취조할 때와 같이 날카로운 눈빛으로 날 쳐다봤다. 꽤 진지한 척을 하고 싶은 모양이다. 형사 세계에선 심문 기술로 명성이 높다던데 나한테는 안 통한다. 나는 목을 삐딱하게 젖힌 채 같이 눈을 부릅떴다. 아빠는 한참 지나서야 푸념하듯 말했다.

"앞으로 뭐가 들리든 신경 *끄라고*."

그러고는 다시 후룩후룩 콩나물을 흡입했다. 별, 일어나지도 않을 일 가지고 잔뜩 폼 잡기는. 맛대가리 없는 콩나물국부터 아빠가 간섭하는 것까지 모두 마음에 안 들었다. 하루가 뭐 이렇게 꼬여 버릴 수 있담.

그나저나 의문이 생기긴 했다. 나는 왜 축구하다 말고 갑자기 쓰러졌을까. 팔팔한 나이에 뇌출혈은 또 뭐란 말인가. 설마 소연이와 연애다운 연애도 못 해 보고 골로 가는 건 아니겠지. 저녁 먹는 내내 잡생각만 들끓었다.

별다른 충격 없이 쓰러졌다는 사실이 나에겐 오히려 큰 충격이었다.

이상한 소리

등교하는 기분은 참 별로였다. 교문에 들어서자마자 운동장이 눈에 들어왔는데 내가 저 골대에서 쓰러졌다는 생각에 얼굴이 달아올랐다. 왠지 앞뒤로 걷고 있는 놈들 모두 어제의 쪽팔린 광경을 지켜본 목격자 같았다. 일부러 눈을 부릅떴더니 나랑 눈 마주치는 녀석은 없었다.

정학 먹고 쉬다 왔을 때도 이러진 않았는데 지금은 3층까지 오르는 계단조차 어색했다. 뭔가 이미지가 한없이 약해진 느낌이랄까. 병원에 실려 간 뒤로 우리 반 애들끼리 얼마나 내 뒷담화를 깠겠으며, 불쌍하다고 쯧쯧거렸겠는가. 교실 뒷문을 열어젖히며 나는 한숨을 푹 쉬었다.

"여어, 왔냐!"

"괜찮아 보이네."

남자애 셋이 나를 반겨 주며 다가왔다. 이런 놈들은 항상 있다.

별로 안 친하면서 내가 학교 짱이라는 것 때문에 살가운 척하는 녀석들. 그러면 나한테서 콩고물이라도 떨어질 줄 아는가 보다. 소연이를 포함해 반 친구들 모두가 날 주목하는 분위기였다. 이런 시선 부담스럽다. 옆으로 붙은 녀석들이 수다를 떨기 시작했다.

"어제 축구는 1대 0으로 끝났어."

그딴 거 하나도 안 궁금하다. 다른 놈이 들뜬 목소리를 냈다.

"너 병원 간 뒤로 영훈이가 골키퍼 봤는데 개잘함!"

세 놈 중의 하나인 영훈이는 내 앞에서 브이를 그리며 세리머니를 하고 있었다. 이 자식들, 말하는 싸가지 봐라? 나 없이도 얼마든지 이길 수 있다 이거지. 나 대신 골키퍼를 봤다던 영훈이는 의기양양한 목소리를 냈다.

"병원에선 뭐래? 뇌진탕이라지? 머리에 붕대 감고 올 줄 알았더니."

영훈이 자식, 눈치가 심하게 없다. 내가 그 일로 엄청 쪽팔려 하는 걸 얼굴 보면 모르나? 지금 소연이도 쳐다보고 있는데. 속이 점점 부글부글 끓었다.

하지만 영훈이는 멈추지 않았다.

"어제 난리도 아니었어. 네가 그렇게 갑자기 쓰러질 줄 알았냐. 완전 대박이었지. 다른 반 애들까지 몰려와서…."

짝!

나는 닥치란 말을 손으로 했다. 나불대는 주둥이를 막기에 따귀

만큼 좋은 건 없다. 느닷없이 맞아서 놀란 녀석에게 추스를 여유 따위 줄 생각은 없었다. 나는 영훈이의 머리를 후려갈기며 한 대당 한 단어씩 말했다.

"몰려와서! 뭐! 새꺄! 대박? 좋았냐! 어? 뒈질래! 어?"

영훈이는 웅크린 채 교실 반대쪽까지 밀려나며 맞았다. 기분도 별로인데 본보기는 녀석으로 정했다. 나는 모두 보라는 듯이, 구석으로 몰린 영훈이에게 발길질을 연거푸 날렸다.

"없어지니까! 살맛 나지! 어? 계속 골키퍼 봐라! 어? 이것도 막아 봐!"

이때까지 말리는 놈은 없었다. 그랬다간 내가 어떻게 나올지 다들 알고 있기 때문이다. 여자애들은 눈을 피하기 바빴고, 남자애 몇은 쓰러져 있는 영훈이를 부축해 자리로 데려갔다. 이만하면 내가 건재하단 사실을 모두 알았을 것이다.

드르륵.

잠시 후에, 앞문으로 담임이 들어왔다. 39세, 미혼, 영어 선생 남경희. 내가 아는 담임의 인적 사항이다. 담임은 숨을 몰아쉬는 나와 얼굴을 보이지 않으려고 책상에 웅크린 영훈이를 번갈아 봤다. 조그만 입술을 앙다문 걸 보니 뭔가 눈치챈 듯했다. 잠시간의 정적. 그러고선 언제나 그렇듯이 못 본 척하고 교탁으로 옮겨 갔다. 나는 담임의 센스가 마음에 들었다.

"수업 10분 전이니까 다들 자리에 앉아 볼까. 고서연… 김가

영….”

담임은 출석을 부르기 시작했다. 그리고 6번인 내 차례에서 사무적인 목소리로 물었다.

“김영우, 몸엔 이상 없는 거지?”

내가 고개를 끄덕이자 담임은 내게서 신경을 완전히 꺼 주었다. 볼수록 마음에 드는 담임이다. 다른 선생들도 저런 면을 본받아야 하는데.

“아침부터 조금 소란스러워 보이는데, 아프거나 이상 있는 사람은 교무실로 와. 수업 잘 듣고, 이따 보자.”

담임은 깔끔한 말투로 조회를 마무리하고 서둘러 교실을 나갔다. 저 말을 듣고 교무실에 쫓아가서 방금 일을 일러바칠 녀석은 없다. 중학교 3학년이면 어느 때 신고 정신을 발휘해야 하는지 정도는 다들 터득했을 테니까. 나는 위신을 조금 되찾았고, 교실은 평소처럼 굴러가기 시작했다. 수업이 아직 10분 남았으니 오른팔 준혁이나 불러내 한 대 피워야겠다.

시간이 더럽게 안 갔다. 견디고 견딘 끝에 겨우 하교 시간이 다가왔다. 준혁이와 후배들 넷을 데리고 곧장 피시방으로 향했다. 나는 피시방 안에 풍기는 음식 향과 매연 냄새를 좋아한다. 뭔가 자유의 기운이 세차게 뿜어지는 느낌이랄까. 이런 공간이면 3박 4일 있어도 지루하지 않을 것 같다.

우린 죽 둘러앉아 게임을 시작했다. 내가 들어간 A팀과 준혁이가 들어간 B팀으로 나누어 3 대 3 대결을 펼쳤다. 주어진 총칼로 상대와 시가전을 펼치는 내용이라 한시도 눈을 뗄 수 없는 게임이었다. 잠깐만 방심해도 목숨이 날아가 버리니까.

"에이 씨…."

아무리 용을 써도 게임이 안 풀리는 때가 있다. 지금이 그런 상황이었다. 몇 판만 할 생각이었는데, 한 번도 제대로 이기지 못했다. 피시방 요금이 올라가고 있었지만 이대로 끝낼 순 없었다. 나는 우리 팀이 이길 때까지 집념을 불태웠다.

"야! 엄호해야지. 개인플레이 하냐?"

"여기 여기! 병신아, 안 보여?"

우리 팀의 실수를 계속 지적했다. 후배 녀석들은 아무 말도 못했고, 준혁이는 실실 웃으며 우릴 놀렸다.

"그 팀 오늘 왜 그러시나. 교육 좀 해야겠어. 팀워크가 영…."

준혁이의 말에 후배들이 더욱 졸아든 기색이었다. 준혁이는 오른팔이므로 내가 유일하게 장난을 허락하는 친구다. 준혁이가 후배들을 농락하는 모습을 보는 것도 잔재미 중 하나였다. 하지만 게임을 계속 지는 건 불쾌했다.

"야, 한 대 피우고 오자."

준혁이가 눈치 빠르게 잠시 휴식을 권했다. 우리 둘은 근처 뒷골목으로 나왔다. 맞은편 네온사인 간판이 글자 두 개가 빠진 채로 깜빡거리고 있다. 내 기분 상태 같았다. 준혁이는 익숙한 동작으로 담뱃불을 붙여 주었다. 연거푸 세 모금 빨아들인 다음에야 머리가 편안해졌다. 준혁이가 내 눈치를 보며 웃었다.

"오늘따라 왜 흥분하고 그래."

"새끼들이 너무 어리바리하잖아. 할 맛이 안 나."

일부러 투정 부리듯이 말했는데, 의외로 준혁이는 얼굴에서 웃음을 싹 거둬들였다. 내 푸념을 받아 줄 상황이 아니라는 뜻이었다. 그제야 녀석이 단순히 쉬자는 뜻으로 나를 불러낸 게 아니었음을 알았다. 항상 주도면밀한 준혁이가 저런 표정을 지으면 무슨 일인지 들어 봐야 했다. 나는 눈빛으로 녀석을 재촉했다.

"영우야."

준혁이는 침을 꼴깍 삼켰다.

"아무래도, 당분간 긴장 타야 할 것 같다."

"왜?"

"우리 반에 그저께 심상치 않은 놈이 전학 왔어."

"누구?"

"이풍기라고, 서초에서 왔는데… 거기서 사고 치고 강전(강제 전학)이래."

"그냥 또라이 아냐?"

픽 웃었더니 준혁이의 표정은 더욱 심각해졌다.

"첫날부터 품새가 심상치 않았어. 그래서 내가 뒷조사 좀 해 봤지. 풍기 그 새끼, 1년 꿇었더라. 그리고 전에 다니던 중학교에서 작년부터 짱이었대. 우리 반 애들은 벌써 걔 말 듣는 분위기다.”

나는 일부러 픽 웃어 보였다.

“난 또 뭐라고. 고작 그런 거였냐?”

“고작 그런 게 아니라 대비가 필요하다는 거지.”

“병신, 그거나 저거나.”

나는 귀까지 후비적거리는 태연함을 보여 주었다. 준혁이처럼 소심한 구석이 있는 놈에겐 이렇게 굴어 줘야 한다.

“어디서 굴러온 새끼인지는 내 알 바 아니고, 나한테 한 번 걸리기만 하라고 해. 그날로 아작 내 버릴 테니까.”

준혁이는 모호한 미소를 띠었다. 그러고는 주의를 시키듯 말했다.

“아마 조만간 부딪칠 거다. 놈도 세력을 늘릴 게 뻔하거든.”

어차피 내가 이 학교의 짱으로 군림한 세월은 도전과 응전으로 점철되어 있었다. 도전자가 하나 더 늘었다고 해서 불안해할 거면 자리에서 내려오는 게 낫다. 그게 새가슴 준혁이와 나의 차이다.

그나저나 급한 일은 따로 있었다.

“야, 얼마 있냐? 게임 더 해야 하는데 돈 떨어졌네.”

“나도 천 원밖에 없어.”

준혁이가 힘없이 대답했다. 겨우 마음먹고 꺼낸 얘기인데 화제를 돌려 버리니 맥이 빠졌던 모양이다. 충분히 알아들었으니 그만하면 됐고, 지금 나는 돈이 없는 게 더 열받는다. 계속 졌는데 여기서 멈추는 건 말도 안 된다. 화려한 팀워크로 아까의 패배를 갚아 줘야 직성이 풀릴 참이다.

주변을 둘러봤다. 마침 우리 학교 교복을 입은 남학생 하나가 피시방에서 나오고 있었다. 녀석과 눈이 마주쳤을 때, 나는 보란 듯이 연기를 훅 내뿜었다.

"야, 너 이리 와 봐."

키가 작고 아직 초딩 티가 나는 게 1학년 같았다. 준혁이는 상관 하지 않겠다는 듯 팔짱만 끼고 있었다. 나는 녀석이 도망칠 수 없 음을 분명히 밝혔다.

"너 인장중 다니지. 몇 학년 몇 반?"

서로 같은 교복이니 잘하면 학교에서 또 마주친다는 걸 눈치챘 을 것이다.

"…1학년 2반이요."

나는 녀석의 교복 재킷 앞섶을 손으로 잡아당겨 이름을 확인했다. 송지훈. 이렇게 확인해 줘야 꼼짝 못 하고 내 페이스에 말려든다.

"지훈아. 형이 급해서 그런데, 오천 원만 꿔 줄래? 나중에 갚을 게."

"…"

지훈이는 눈을 땅에 내리깔았다. 열에 여덟은 이런 반응을 보인 다. 갚겠다는 말은 진심이다. 진심은 통하지 않던가. 아무도 받으 러 오질 않아서 그렇지.

"얌마, 학교 선배가 거짓말하겠냐. 나중에 맛있는 거 사 줄게."

이 정도까지가 내가 베풀어 주는 친절이었다. 여기서 녀석이 한 번 더 퉁기면 그땐 어쩔 수 없이 이빨을 드러내는 수밖에 없다.

다행히 지훈이는 눈치가 빨랐다.

"여기요."

꼬깃꼬깃한 천 원 지폐를 두 장 내밀었다. 이 녀석은 지갑을 안 가지고 다니는가 보다. 그러고선 풀 죽은 목소리를 냈다.

"이게 다예요."

나는 돈을 받지 않고 지훈이를 노려만 봤다. 녀석의 손은 떨리고 있었다. 순순히 적은 액수를 내밀 때, 높은 확률로 숨겨 둔 돈이 따로 있다는 걸 나는 안다.

"형 거짓말 안 좋아해."

일부러 살벌하게 웃었다. 이러면 제법 효과가 있다. 지훈이 녀석은 내가 주머니를 뒤져 볼 것도 깨달았는지 목소리가 아예 축축해졌다.

"저, 정말이에요. 나머진 심부름할 돈이라 아빠가 알면 큰일 나요."

준혁이와 나는 마주 보며 깔깔 웃었다. 사람은 저마다 다른데 나오는 핑계는 어쩌면 이렇게 다 비슷할까. 좀 더 창의성을 발휘해 보란 말이다. 울먹이는 목소리로 오히려 나를 협박하는 녀석에게 더 이상 동정을 발휘할 필요는 없었다.

"줘 봐."

"…."

"줘 보라고."

여차하면 한 대 팰 것처럼 조용히 윽박질렀더니 지훈이는 주섬주섬 돈을 꺼냈다. 이윽고 내 손에 만 원 지폐 세 장이 넘어왔다. 이 정도면 녀석의 전 재산이라고 할 만했다. 내가 애초에 제시한 금액은 오천 원이었으므로, 욕심부리지 않고 두 장을 지훈이에게 돌려줬다.

"자."

녀석은 얼떨결에 받아 들었다.

"형이 잔돈이 없네. 한 장만 빌려 갈게. 나중에 나 보면 꼭 갚으라고 말해 줘. 내가 좀 깜빡깜빡하거든."

준혁이가 퍽이나 갚겠다는 듯 눈빛으로 나를 비웃었다. 나는 만 원 지폐의 빳빳한 촉감을 음미하며 지훈이를 바라봤다. 뒷모습이 기운 없어 보였다. 다시 피시방으로 돌아가야겠다고 마음먹었을 때였다.

씨발!

순간 내가 뭘 잘못 들었나 싶었다.

학폭으로 신고해 버릴 거야. 나쁜 새끼들.

성능 좋은 헤드폰을 낀 것처럼 머릿속에 맑고 명확한 음성이 울려 퍼졌다. 분명히 방금 돈을 뜯어낸 지훈이의 목소리였다. 나는 곧장 녀석을 불러 세웠다.

"얌마, 너 이리 와 봐."

지훈이는 다시 돌아왔다. 기분 탓인지 눈에 독기가 서려 보였다. 내가 뚫어지게 쳐다봤더니 녀석은 고개를 푹 숙였다. 그런데 또 이상한 소리가 들려왔다.

돈 줬잖아. 그냥 보내 줘 씨발아!

"하…."

나는 어이가 없어서 코웃음을 쳤다. 곧장 준혁이에게 물어봤다.

"이 새끼 하는 말 들었냐?"

"무슨 말?"

"방금 나더러 '그냥 보내 줘 씨발아'라고 했잖아."

내 말에 준혁이와 지훈이 모두 눈이 동그래져서 날 쳐다보았다. 조금 다른 점은 지훈이는 놀란 토끼 같은 얼굴이었고, 준혁이는 어처구니를 상실한 표정이었다.

"뭐래. 아무 말도 안 했구먼."

나야말로 어처구니가 없었다. 그 분명한 소리를 준혁이는 못 들었단 말인가. 나는 잔뜩 움츠러든 지훈이를 다그쳤다.

"뒈질래? 어디서 욕하고 지랄이야."

"…저 욕 안 했는데요."

진짜 억울해하는 말투였다. 준혁이도 날 미친놈처럼 쳐다보니 더 할 말이 없었다. 내 귀가 이상해진 건가. 어쩔 수 없이 녀석을 다시 보내 줘야 했다.

“이상한 소리 하고 다니기만 해 봐. 죽는다.”

나는 최대한 엄포를 놓았다. 지훈이는 고개를 끄덕이고는 다시 뒤돌아 걸어갔다. 그런데 녀석을 바라봤더니 또 귓속으로 소리가 울려 퍼졌다.

아이 씨 진짜, 재수 옴 붙었네.

“야, 방금 말 들었냐?”

다시 준혁이의 팔꿈치를 건드리며 물었다. 준혁이는 숫제 짜증을 부렸다.

“또 뭐?”

준혁이 얼굴을 보니 대화가 통할 분위기가 아니었다.

“…됐다.”

나는 지훈이가 사라질 때까지 멍하니 서 있었다. 뭔가에 홀린 기분이다. 준혁이는 못 들었다는데 왜 나한테만 이런 소리가 들리는 걸까.

그때, 아빠가 했던 말이 빛줄기처럼 머리를 스쳐 지나갔다.

“앞으로 뭐가 들리든 신경 끄라고.”

이게 의사가 말한 환청이라는 건가! 내가 뇌를 다쳐서 무의식적으로 상상한 말이 음성으로 들리는 식인가. 뭐가 뭔지는 모르겠지만 나는 어제 뇌 손상 판정을 받았고, 환청에 대한 경고도 받았다. 충분히 이런 일이 벌어질 소지는 있었다.

아무리 그래도 방금 들려온 소리는 너무나 생생했다. 이게 정말 단순히 환청이란 말인가? 게임할 마음이 싹 사라졌다. 어둑해진 골목은 아무 일 없는 듯 한산했다. 준혁이는 애들이 기다리니 얼른 들어가자고 재촉했다. 난 그저 얼떨떨할 따름이었다.

상진의 지우개 1

이상한 소리는 그 뒤로도 간헐적으로 들려왔다. 장소는 주로 교실이었다. 처음엔 그저 환청인가 싶었는데, 그게 아닐 수도 있다는 걸 깨달았다. 일단 들려오는 모든 소리가 눈앞에 있는 학생들의 목소리였으며, 전혀 생각하지 못한 말이었다. 예를 들면 '화장실 같이 갈 사람이 없어', '저 선생님은 숏컷이 잘 어울려'와 같은 내용이었다. 환청이라면 이런 소리까지 들린다는 게 이상하지 않은가.

또 하나 이상한 건 규칙적으로 약을 먹고 있는데도 그 소리가 들렸다 안 들렸다 한다는 점이었다. 그래서 처음 며칠은 내 의지와 상관없이 들리는 줄만 알았다. 하지만 시간이 지나면서 뭔가 법칙이 있음을 알아차렸다.

며칠 전에 영훈이에게 숙제를 보여 달라고 했을 때였다. 노트를 베끼는데 영훈이를 볼 때마다 목소리가 들려왔다. 전에 나한테 얼어맞은 것에 대한 원망도 섞여 있었다. 그리고 노트를 돌려주자마자 영훈이의 목소리는 깨끗이 사라졌다. 제균이와 팔씨름할 때도 제균이 목소리가 자꾸 머릿속으로 들렸다. '그렇게 아프게 휘어잡지 말라고!', '이 녀석이 진다고 지랄만 안 하면 백 퍼센트 실력 발휘하는 건데' 같은 소리였다. 역시 잡았던 손을 놓자마자 제균이의 목소리도 사라졌다. 내가 누군가의 물건을 만지거나 몸에 접촉했을 때만 이런 소리가 들린다는 걸 알았다.

이제 내가 내릴 수 있는 결론은 두 가지였다. 첫 번째는 어제 스마트폰으로 검색해 알아낸 조현병(정신 분열증)이었다. 이 병에 걸리면 지금의 나처럼 환청이 자주 들리고 심지어 환상까지 보게 된단다. 그래서 결국 환각의 지배를 받게 되고 과대망상까지 겹쳐 심한 혼란을 겪는 병이었다. 설명대로라면 혼자 있을 때도 환청이 들린다는데, 나는 그런 적은 없었다. 오직 다른 사람과 함께 있을 때만 목소리가 들렸다.

두 번째는 타인의 생각이 진짜로 내 귀에 들리는 게 아닌가 하는 것이었다. 말이 안 되는 것 같지만, 이게 가장 현재의 내 상태에 가까운 설명이었다. 하지만 이걸 다른 사람에게 말했다간 준혁이가 그랬던 것처럼 날 미친놈 취급할 게 뻔했다. 단지 환청에 불과했다면 나만 창피한 일이지 않은가. 그래서 요 며칠 혼자서만 끙끙거렸다. 천하의 김영우가 말 못 할 고민이라니.

그래서 작정하고 시험해 보기로 했다. 나는 쉬는 시간에 몰래 상진이의 지우개를 훔쳤다. 비쩍 마른 데다 못생긴 '한상진'은 저래 봬도 반에서 제일 똑똑한 녀석이었다. 전 과목 A를 놓치지 않는다고 소문났으니 말이다. 그런 녀석의 생각이 들린다면 나도 덕 좀 보지 않겠는가. 내가 풀 수 없는 어려운 문제를 해결한다면 이거야말로 환청이 아니란 걸 증명하는 셈이었다. 수학 시간이 됐을 때, 나는 상진이의 지우개를 손에 쥔 채로 녀석을 바라보았다. 아니나 다를까, 착 가라앉은 목소리가 머릿속에 울려 퍼졌다.

인수 분해잖아. 쉬워 빠진 거.

녀석의 목소리는 실제보다 훨씬 어두웠다. 평소에 말을 별로 안 하는 녀석이라 원래 목소리도 가물가물했지만, 어쨌든 녀석에게서 풍기는 음울한 분위기에 놀랐다. 게다가 다음으로 들려온 소리도 나를 당황케 하기에 충분했다.

1024, 2048, 4096, 8192, 16384, 32768, 65536, 131072….

주말까지 52시간 남았으니… 3120분… 187200초….

내 목숨은 몇 초 남았지. 86400×365×60… 18억 초.

뭐 이런 녀석이 다 있나 싶다. 저게 머릿속으로 계산이 된단 말인가? 그걸 진짜로 따지며 앉아 있다니 변태가 따로 없다. 이게 환청이라면 상진이의 저런 생각도 전부 내 머리로 꾸며 냈다는 건데, 내 돌대가리가 그럴 수 있을 리 없다. 남은 목숨 같은 건 따져본 적도 없었다. 나는 증거를 더 수집해 보기로 했다.

드르륵.

앞문이 열리고 수학이 들어왔다. 학교 선생 중에서 내가 제일 싫어하는 학생부장 정재훈이었다. 오십이 넘었는데 일부러 새치 염색을 안 해서 머리카락이 희누르스름했다. 그래서 별명이 '쉰대 갈'이다. 올해 담임은 잘 만났지만, 쉰대갈은 여전히 날 못살게 굴었다. 작년에 내가 싸움에 휘말렸다는 것이 학교 귀에 들어갈 때마다 쉰대갈 앞으로 불려 갔었다. 그 악연이 올해까지 이어지고 있는 것이다. 쉰대갈은 우리 반에 들어올 때마다 항상 날 먼저 쳐다봤다. 그건 지금도 마찬가지였다.

"반장, 인사."

인사를 꼭 받고 수업을 시작하는 쉰대갈은 전형적인 꼰대였다. 다른 선생들처럼 분위기를 부드럽게 만드는 농담이나 재미있는 이야기를 해 보려는 시도 따위도 없었다. 곧장 수업으로 직진하는 융통성 제로의 인간이었다.

"여기서 뒤의 $-8xy$를 소거해 줄 수 있어야 인수 분해가 가능한 데, 먼저 $2(x+y)^2$를 전개하면 $2x^2+4xy\cdots$."

아, 뭔 소린지 하나도 못 알아듣겠다. 수학하고 담쌓은 게 초등 학교 5학년쯤이니 내 머리로 저 설명을 이해하는 건 무리다. 쉰대 갈은 쉬지 않고 외계어로 떠들었다. 몰래 스마트폰을 꺼낼까도 생 각했지만 쉰대갈에게 걸리면 영구 압수였다. 하릴없이 책 여백에 낙서나 끼적였다. 창밖을 바라보니 오늘따라 하늘이 새파랬다. 이 런 날에 따분한 수업이나 듣고 있어야 한다니.

"김영우."

쉰대갈이 갑자기 날 불렀다. 다른 학생은 랜덤으로 번호를 부르면서 왜 나만 이름으로 부르는지 모르겠다. 짜증이 나서 일부러 반응 안 했더니 짝꿍이 조심스럽게 내 팔을 건드렸다.

"김영우!"

그제야 나는 뻣뻣함을 유지하며 고개를 돌렸다. 쉰대갈이 노려보고 있었다. 이런 패턴이야 익숙하니 이젠 겁도 나지 않는다. 저렇게 공포를 조장해 봤자 나를 때릴 것도 아니지 않은가. 쉰대갈은 자기만의 방식으로 날 괴롭혔다.

"발표를 시키면 일어서야 할 거 아니야."

재수 없지만 저런 말은 들어줘야 했다. 나는 드르륵 의자를 밀어내며 일어섰다. 칠판에는 이런 문제가 떡하니 쓰여 있었다.

3. $x - \dfrac{1}{x} = \sqrt{2} + \sqrt{3}$ 일때 $\left(x + \dfrac{1}{x}\right)\left(x^2 + \dfrac{1}{x^2}\right)$ 의 값을 구하시오.

쉰대갈은 다짜고짜 내게 질문했다.

"이 문제를 풀려면 먼저 뭐부터 해 줘야 하냐?"

"…."

이건 순전히 나를 골탕 먹이려는 의도인 게 분명했다. 저 x만 봐도 어지러운 나한테 이런 걸 묻다니. 평소라면 나는 모른다고 배짱을 퉁겼을 것이다. 그러면 쉰대갈이 나를 교실 뒤로 보내는 게 정해진 패턴이었다. 지금도 내가 어떻게 나오는지 두고 보자는 식으로 노려보고 있었다. 나는 상진이의 뒷모습을 쳐다봤다. 녀석의 구부정한 어깨가 보이는 순간, 머릿속으로 목소리가 울려 퍼졌다.

병신. $\left(x^2 - \dfrac{1}{x^2}\right)$을 전개해 줘야 할 거 아냐.

나는 기분 나쁜 말은 애써 거르고 쉰대갈을 노려보며 대답했다.

"$\left(x^2 - \dfrac{1}{x^2}\right)$을 먼저 전개해 줘야 합니다."

그러자 쉰대갈을 비롯해 학생 모두가 날 쳐다보았다. 개중에는 "오!" 하며 분위기를 띄우는 녀석도 있었다. 쉰대갈은 나를 향해 처음으로 고개를 끄덕였다.

"그렇지. 이걸 먼저 전개하면 이렇게 되지."

$$= \left(x + \frac{1}{x}\right)\left(x + \frac{1}{x}\right)\left(x - \frac{1}{x}\right) = \left(x^2 + 2 + \frac{1}{x^2}\right)\left(x - \frac{1}{x}\right)$$

뭔지 하나도 못 알아보는 수식을 휙휙 적어 나갔다. 쉰대갈은 아까보다 부드러운 눈빛으로 내게 물었다.

"이제 처음에 나온 조건 '$x - \dfrac{1}{x} = \sqrt{2} + \sqrt{3}$'을 여기서 사용해야 하지. 어떻게 하면 활용할 수 있나, 김영우?"

왜 또 나한테 물어보는 거지! 내가 곤란을 겪을 것이라는 추측으로 교실이 가득 찬 듯했다. 나는 다시 상진이의 뒷모습을 바라봤다.

꼴통 새끼.

방법은커녕 날 욕하는 소리만 들렸다. 혈압이 오르는 와중에도 나는 시간을 끌었다.

"잠깐만요. 생각 좀 하고요."

그러고서 다시 상진이를 쳐다봤다. 상진아, 제발 정답 좀 떠올리란 말이다!

x^2 다음 +2를 -2로 바꾸면 될 것 가지고.

"+2를 −2로 바꿔 줍니다!"

"오오!"

문제를 이해하는 학생들이 감탄을 내뱉었다. 오래간만에 들어 보는 호응에 배가 간지러웠다. 이게 뭐라고 웃음이 나온담. 쉰대갈의 질문은 여기서 끝나지 않았다.

"-2로 바꿔 주면 크기가 달라져 버리잖아. 그건 어떡할 거야?"

+4를 뒤로 빼 줘야지.

"+4를 뒤로 빼 줍니다!"

"오오오!"

환호성이 교실을 뒤덮었다. 손뼉을 치는 여자애들도 있었다. 내가 그동안에 얼마나 꼴통 이미지로 박혔으면 대답 몇 번 잘했다고 이런 반응이 나올까. 쉰대갈도 인정할 수밖에 없다는 듯 머쓱한 미소를 띠었다.

"김영우, 요즘 공부 좀 하는가 보네. 앞으로도 그래라."

남은 수학 시간은 평화롭게 흘러갔다. 쉰대갈 앞에서 이렇게 마음이 편해 보기는 처음이었다. 공부 잘하는 놈들은 매일 이런 기분을 느낀단 말인가.

이제 이로써 확실해졌다. 내 머릿속에 들려온 소리는 절대 환청 따위가 아니었다. 이건 분명 상진이 생각이다. 녀석의 지우개를 손에 쥐었고, 상진이를 바라볼 때마다 목소리가 들렸으니까. 방금 전 수학 문제는 내 머리론 죽었다 깨어나도 풀 수 없었다. 이젠 확신할 수 있다. 나한테 신기한 능력이 생긴 것이다!

몸이 붕 떠오르는 느낌이었다. 심장이 두근거렸다. 나에게 이런 행운이 오다니. 이 능력으로 할 수 있는 일이 무궁무진하지 않은가. 앞으로 시험 볼 때마다 상진이의 생각을 훔치면 고득점 따위 문제없다. 그리고 내가 점찍은 소연이도 얼마든 생각을 알 수 있으니 소연이의 마음을 얻는 건 시간문제다. 앞으로 소연이가 좋아하는 걸 한발 앞서 해 줄 것이다. 그러면 나한테 홀딱 반해 넘어오지 않겠는가. 상상만 해도 숨이 막힐 만큼 가슴이 벅찼다. 앉아 있는 교실이 전과 확연히 달라 보인다. 혼자 킥킥댔더니 짝꿍이 어리둥절하게 쳐다봤다. 그러든 말든 내 기분은 날아갈 듯했다. 하늘엔 날개 같은 구름이 떠가고 있다. 참 아름다운 세상이었다.

그 후로도 상진이의 도움을 톡톡히 받았다. 사회 쪽지 시험과 영어 듣기 평가를 무사히 넘겼다. 상진이의 지우개를 손에 쥔 채로 녀석을 쳐다보기만 하면 되었다. 상진이는 자기 생각이 나한테 들리는지도 모를 것이다. 몰래 생각을 엿듣는 기분은 짜릿했다. 우리 반 친구들 모두의 생각을 들어 보고 싶지만, 그러려면 생각을 들을 사람의 물건을 손에 쥐거나 그 사람과 몸을 접촉해야만 한다. 그래서 대상을 신중하게 골라야 했다.

가장 훔치고 싶은 물건은 당연히 소연이 것이었다. 단정하면서도 해맑아 보이는 소연이는 내 주변의 '일진녀'와 차원이 달랐다. 나는 전부터 나와 달리 올곧게 자란 이성에게 눈길이 더 가곤 했다. 거기에 더해 소연이는 똑똑하고 활달하기까지 한 완전체였다. 3월의 어느 날, 체육 수업 때 여학생들이 댄스를 연습하고 있었다. 아름다운 춤사위에 찰랑거리는 머릿결과 생글생글한 웃음까지, 빛나던 소연이의 모습을 나는 잊지 못한다.

쉬는 시간에 소연이의 물건을 슬쩍하려고 눈치를 봤다. 하지만 소연이 주변으로 다른 여학생들이 쫙 깔렸다. 매번 저런 상황이다. 제길, 다른 데 몰려 있든가 하지. 쟤네는 매점도 안 가나. 물건 하나만 손에 넣으면 소연이의 마음을 알 수 있는데. 계속 살폈지만 친구들이 물러갈 기색은 보이지 않았다.

나는 내 능력이 여전한지 확인해 보려고 저만치 앞에 앉은 상진이를 바라보았다. 책상에 엎드려 있는 게 아무래도 잠든 것 같았다. 녀석의 등은 축 늘어진 생선처럼 생기가 없었다. 잠자는 사람은 생각을 안 할 게 뻔하므로 나는 상진이의 지우개를 놓으려 했다. 그런데,

다 소용없는 짓이야.

목소리가 들려오기 시작했다. 자는 게 아니었나? 나는 지우개를 더욱 꾹 쥐었다. 상진이의 목소리는 수업 시간 때보다도 훨씬 기운이 없어 보였다.

공부하면 뭐해. 그래 봤자 누가 알아주지도 않는걸.

학교도 싫고 학원도 지긋지긋하고. 차라리….

녀석의 목소리가 뚝 멈추자 나도 모르게 침이 꼴깍 넘어갔다.

죽어 버릴까.

이런. 우등생이라고 소문난 녀석이 뭐가 아쉽다고 저런 생각을 하는지 모르겠다. 나약해 빠진 녀석. 만약 저 말을 실제로 들었다면, 당장 녀석의 뒤통수를 후려쳤을 것이다. 나는 계속 상진이의 생각을 엿들었다.

의미 없어. 어차피 엄마 아빠를 만족시키는 건 형인데.

집에 들어가기 싫다.

녀석의 머릿속은 이런 생각들로 꽉꽉 차 있었다. 듣는 내가 다 숨이 막힐 지경이었다. 계속 엿들어 보니 상진이에겐 형이 하나 있는데, 올해 명문대 의대에 입학한 상황이었다. 녀석은 형과 자신을 끊임없이 비교하고 있었다. 저래 봬도 우리 반 최고 두뇌 아닌가. 정말 한 대 때려 주고 싶은 녀석이었다.

하지만 진짜 끼어들 수는 없으므로 나는 지우개를 놓아 버렸다. 차라리 안 듣는 게 나을 것 같다. 하여간 우울한 것조차도 사치스러운 놈이다. 내가 저 정도로 똑똑하면 매일 춤추고 다닐 텐데.

차임벨이 울리며 쉬는 시간이 끝났다. 소연이 주변에 있던 여학생들이 분주하게 자기 자리로 돌아갔다. 이윽고 국어 선생이 들어왔고, 상진이는 아무 일 없는 듯이 벌떡 일어나 사물함에서 책을 꺼냈다. 혹시나 해서 지우개를 잡고 녀석을 봤는데, 아까 같은 어두운 생각을 하지는 않았다. 쳇, 내가 왜 남을 신경 쓰는지 모르겠다. 나는 이 능력을 신나고 즐거운 일에 써먹을 것이다. 다른 목적은 생각하기도 싫다. 나는 상진이의 지우개를 주머니 깊숙한 곳으로 떨어뜨렸다.

아빠의 양말 1

끼이익.

현관문을 닫고 들어와 거실 시계를 쳐다봤다. 오후 6시 28분이었다. 창밖은 아직 환했으나 집 안은 어두컴컴했다. 원래 준혁이와 저녁을 같이 먹기로 했는데 녀석의 여자 친구가 부르는 바람에 혼자가 돼 버렸다. 이럴 줄 알았으면 애들이나 거느리고 돌아다니는 건데.

주민 센터에서 파는 석식은 6시 30분까지니 지금 뛰어가 봐야 늦었다. 이런 날은 그다지 밥이 당기지도 않았다. 나는 전자레인지 아래쪽 서랍을 열어 컵라면을 하나 꺼냈다. 일부러 국물이 매운 걸로 골랐다.

후루룩. 후룩.

혼자 먹는 저녁은 고요했다. 요즘은 사람들의 목소리에 민감하다 보니 오직 라면 먹는 소리만 퍼지는 느낌이 편안했다. 혼자 있을 때도 다른 사람 목소리가 들리면 어떡하나 걱정했는데 다행히 그런 일은 없었다. 적어도 정신병은 아니라는 거다. 나는 국물 한 방울도 남기지 않고 흡입했다.

내 방에 들어와 침대에 몸을 던졌다. 그리고 학교에서 있었던 일을 떠올려 봤다. 아침에 준혁이가 웬일로 담배 타임을 걸렀다. 점심시간에 같이 매점 가자고 찾아갔더니 돈이 없다는 핑계를 댔다. 내가 사 준다 해도 굳이 급식을 먹겠단다. 그래서 방과 후에 만나기로 했는데 그것마저 펑크를 낸 것이다.

그렇다고 해서 신경 쓸 내가 아니지만… 아니, 솔직히 조금 신경 쓰인다. 녀석은 오른팔이 아니던가. 그리고 그 이전에 초등학교 시절부터 친구였다. 지금 내 밑에 있다고 해서 철저히 복종하길 원하는 건 아니지만, 오늘 일은 답답했다. 내일 만나면 녀석에게 물어봐야겠다. 혹시 서운한 일이 있었느냐고.

수학 시간에는 정말로 통쾌했다. 쉰대갈이 나를 골탕 먹이지 못해 멋쩍은 표정을 짓는 모습이라니. 앞으로 상진이의 지우개만 있으면 문제없다. 녀석은 걸어 다니는 정답지나 다름없었다. 쉰대갈에게 더는 농락당하지 않아도 된다.

이런저런 생각을 하다 보니 자연스레 경찰서에서 뒹굴고 있을 아빠가 떠올랐다. 오늘은 또 어떤 용의자를 취조하고 있을까. 아빠는 심문만 하면 용의자가 범행을 술술 자백하게 하는 형사로 유명하다던데 무슨 자백제라도 먹이는 게 아닐까. 충분히 그러고도 남을 인간이다. 나한테도 뇌 CT를 밥 먹듯이 찍게 한 위인이니까.

생각을 죽 이어가다 번뜩 드는 궁금증이 있었다. 정말 맘에 들지 않는 인간이지만, 아빠 머리엔 대체 무슨 생각이 들어 있을까. 한번 확인해 보고 싶다. 나는 마음먹으면 해 봐야 직성이 풀린다. 액션 배우처럼 반동을 이용해 단번에 몸을 일으켰다. 그리고 곧장 안방에 들어갔다. 이 시간까지 들어오지 않는 아빠라면 분명 야근일 것이다. 느긋하게 물건을 꺼내 올 수 있다.

휘파람에 탁한 바람 소리가 섞여 나왔다. 설마 내가 긴장한 건가? 입술에 침을 묻히고 일부러 더욱 크게 휘파람 소리를 냈다. 안방이 제법 시끄러워졌다. 그제야 내가 이 공간을 지배하고 있다는 느낌이 들었다.

수납장 이곳저곳을 열어 보았다. 수건, 혁대, 바지, 셔츠…. 대부분 몰래 숨기기엔 거추장스러운 물건이었다. 뭔가 작고 확실한 게 없을까. 다른 곳도 살폈지만 그럴싸한 게 보이지 않았다. 이 인간은 왜 이렇게 살림이 단출한 건지.

철컥.

바로 그 순간이었다. 갑자기 현관문 도어락이 열리는 소리가 들렸다. 설마 지금 아빠가 들이닥친 건가? 나는 깜짝 놀랄 새도 없이 황급히 주변을 둘러보았다. 마침 아빠가 벗어 던져 놓은 양말 한 켤레가 보였다. 나는 재빨리 주머니에 쑤셔 넣으며 거실로 뛰어나왔다. 아빠는 지금 막 신발을 벗고 들어온 참이었다. 날 보더니 우뚝 섰다. 그러고는 잠시 노려보다가 내게 한마디 던졌다.

"네가 왜 거기서 나오냐?"

"하하, 청소 좀 해야 하나 싶어서."

제길, 내가 왜 이렇게 저자세로 나가지. 그리 대단한 잘못을 저지른 것도 아닌데. 아빠는 픽 웃으며 식탁에 휴대폰과 차키를 내려놓았다.

"뭐 잘못 먹었냐? 언제부터 네가 내 방 청소를 했다고."

아빠의 시니컬한 말투가 머리통을 후려치는 기분이었다. 하여간 늘 저런 식이지. 생각해 보니 도우미 아주머니가 며칠마다 청소하는데 이런 핑계를 댄 게 우스웠다. 나는 일부러 아무렇지 않은 말투로 반격을 날렸다.

"당신 아들은 이제 청소와 담을 쌓았습니다."

"시끄러워, 인마."

분위기를 보니 일단 큰 위기는 넘긴 듯했다. 아빠는 싱크대 서랍을 뒤지더니 봉지 라면 한 개를 꺼냈다. 평소에는 저녁을 먹고 오는 사람이 오늘은 웬일일까. 나처럼 약속 펑크가 났나.

"그럼 이거라도 끓여 줄래?"

일단 라면을 받아 들었다. 조마조마한 느낌이 완전히 가시지 않은 지금, 나에게는 거절할 명분이 없었다. 냄비에 물을 채워 가스레인지 위에 올렸다. 아빠는 그런 날 물끄러미 바라봤다. 잠깐, 이렇게 고분고분한 게 더 의심스럽나?

라면을 끓이는 동안 아빠는 소파에 걸터앉아 텔레비전을 켰다. 얼굴은 텔레비전을 향하고 있지만 눈빛이 멍해 보였다. 지금이 아빠 생각을 들어 볼 찬스다. 나는 주머니 속에 있는 양말을 손으로 쥐었다. 윽, 천이 반질반질한 게 오랫동안 신고 다닌 느낌이다. 고린내가 진동하는 것 같다. 제길…. 비위 상하는 걸 참으며 아빠를 바라봤다. 텔레비전 소리가 큰 탓에 아빠의 생각이 들리지 않았다.

"소리 좀 줄여!"

쏘아붙였더니 아빠는 나를 한 번 노려보고 아주 조금 볼륨을 낮췄다. 오늘따라 왜 저러냐는 투의 눈빛이다. 나는 침착하려 애쓰며 다시 양말을 꾹 쥐고 아빠를 쳐다봤다. 능력이여, 제발 발동해라!

"…."

여전히 텔레비전 소리 외에는 아무것도 들려오지 않았다. 뭐지? 난 분명히 아빠의 물건을 확보했고, 목표물인 아빠를 보고 있다. 규칙대로 했는데도 반응이 없는 건 처음이다. 혹시 아빠가 지금 진짜로 아무 생각 없는 건가. 아니면 이 양말이 아빠 것이 아닌 걸까. 의문이 꼬리에 꼬리를 물었다.

"뭐 해 인마. 물 넘치잖아."

냄비의 물이 끓어 부글부글 새어 나오고 있었다. 나는 뒤늦게 냄비 뚜껑을 열었다. 그리고 주섬주섬 면과 스프를 털어 넣었다. 완전히 페이스가 휘말려 버린 기분이다. 대체 뭐가 잘못된 거지? 벌써 능력이 사라졌나?

아빠가 식사하는 동안, 나는 거실에서 텔레비전을 보는 척하며 계속 아빠를 쳐다봤다. 주머니 속으로 아빠의 양말을 꾹 쥔 채 말이다. 벌써 10분 넘게 시도했는데도 아무 소리가 안 들렸다. 아빠는 나를 등지고 앉은 채 면발을 흡입하고 있었다. 후룩후룩 소리가 야속하게 들릴 지경이었다.

"그만 좀 쳐다봐라, 인마. 뒤통수 뚫어지겠다."

설마 뒤에도 눈이 달렸나? 아빠는 라면을 다 먹었는지 벌떡 일어섰다. 그러고는 냄비를 싱크대에 옮기며 심드렁하게 말했다.

"네가 내 생각을 못 듣는 게 당연하지."

"뭐?"

아빠가 뱉은 말을 믿을 수 없었다. 내가 지금 꿈을 꾸는 중인가? 능력을 들켜 버려 망신당하는 악몽 말이다. 아빠는 계속 말했다.

"같은 능력을 가진 사람끼리는 안 통하더라고. 네 할아버지도 그랬어."

나는 할 말을 잃었다. 아무렇지도 않게 이런 말을 지껄이는 아빠는 뭐란 말인가. 같은 능력을 가졌다니.

"어우, 놀란 거 봐라. 입 좀 다물어."

"내가 지금 안 놀라게 생겼어?"

나도 모르게 소리를 빽 질렀다. 이 창피함, 당황스러움, 모욕감을 어찌한단 말인가. 아빠는 거실 바닥에 아무렇게나 앉으며 픽 웃었다.

"너 지난주에 생긴 뇌출혈, 그거 충격 때문에 그런 거 아니야."

"그러면?"

"난 고등학생 때였는데, 넌 좀 더 빠르네. 그 뒤로 다른 사람 생각이 막 들리지? 내가 그래서 심취하지 말라고 했는데."

정말로 아빠는 지난주에 그렇게 말했었다. 그렇다는 건 내가 이렇게 될 줄을 다 알고 있었다는 말 아닌가. 나는 괜스레 부아가 치밀었다.

"그걸 왜 이제야 말해 주는 건데!"

"들을 준비는 되어 있었냐?"

나는 다시 꿀 먹은 벙어리가 돼 버렸다. 저렇게 정곡 찌르는 말을 한 방씩 제대로 날리는 게 아빠의 주특기이자 재수 없는 점이었다. 어쨌든 이제 아빠에게 설명을 듣지 않으면 몸이 달아오를 지경이었다. 나는 질문을 쏟아부었다.

"그래서, 이런 일이 생길 줄 알고 계속 CT 찍으라고 했던 거야? 이게 유전되는 능력이라고? 아빠는 지금까지 내 생각 다 듣고 있었어?"

"하나씩 물어봐라."

"아이 씨! 속 시원하게 말해 달라고!"

아빠가 리모컨을 집어 던지려는 시늉을 했다. 가끔 진짜 던지기도 한다. 난 일부러 미동조차 안 했다. 그런 나를 한참이나 노려보던 아빠가 리모컨을 다시 내려놓았다. 그러고는 한숨을 푹 쉬었다.

"별, 내 새끼라 성질 더럽다고 욕할 수도 없고."

내가 여전히 꼼짝도 않자, 아빠가 설명하기 시작했다.

"그래, 네가 응급실에 실려 갈 때마다 그건가 싶어 항상 CT 찍었다. 누구부턴지 몰라도 유전되어 온 게 맞고, 돌아가신 네 할아버지도 그랬어. 그래서 난 아버지랑 담쌓고 살았지."

아빠가 고등학생 때 자취를 시작한 이후로 집에 거의 들어가지 않았다는 얘기는 들어서 알고 있었다. 이걸 기억하는 이유는 나도 곧 그럴 예정이었기 때문이다. 고등학생이 되면 따로 살면서 아빠한테 최소한의 생활비만 요구할 계획이었다.

나는 가장 궁금한 걸 다시 물었다.

"지금까지 내 생각 다 듣고 있었어?"

아빠는 말없이 고개만 끄덕였다. 그러고는 주머니에서 무언가를 꺼내 나한테 휙 날렸다. 주워 들어 보니 그것은 내가 열 살 무렵까지 모았던 만화 캐릭터 카드였다. 아빠가 조롱하듯 한마디 던졌다.

"잘 써먹었는데 이젠 소용없네."

그 말을 듣는 순간, 머리에 열이 확 올라왔다.

"그래서 나랑 마주칠 때마다 한참씩 꼬나봤어?"

"싸가지 없는 새끼, 애비한테 꼬나본다가 뭐냐? 어!"

나를 다그쳐서 위축시키려는 모양인데, 그런 거 안 통한다. 오히려 나는 역공격을 퍼부었다.

"이제 보니 일 잘한다고 소문난 것도 완전 엉터리네. 그 능력이 없었으면 취조도 못했을 거 아냐. 솔직히 반칙이지.”

“반칙은 무슨, 재능이지 인마.”

“아, 네! 존나 특별한 재능 물려줘서 감사합니다.”

아빠는 결국 리모컨을 집어 던졌다. 내가 민첩하게 피한 건 말할 것도 없다. 아빠가 붉어진 얼굴로 말했다.

“너, 경고하는데 아직 그 능력 사용하지 마. 분명 인생 꼬인다.”

“아빠가 그런 말 할 자격 있어?”

“자격이고 뭐고, 하지 말라면 하지 마. 잘못하다간 미쳐 인마!”

아빠 말이 섬뜩하게 느껴진 건 사실이었다. 그래도 나는 저항했다.

“누가 꼰대 아니랄까 봐. 내가 알아서 할게.”

꼰대라는 말을 들으면 아빠는 높은 확률로 미쳐 날뛴다. 지금도 곧바로 내게 달려들어 어깨를 한 대 후려쳤다. 나는 날쌔게 도망치고는 내 방으로 뛰어들어와 문을 잠가 버렸다. 아빠는 발로 방문을 쾅쾅 몇 번 차면서 욕을 퍼부었다. 그러고는 잠시 후에 안방으로 사라졌다.

나는 침대에 벌러덩 누웠다. 한심한 인간이, 누가 누구에게 훈계인가. 다른 사람 생각을 들을 줄 알면서 엄마와 그렇게 오랫동안 험악하게 싸우다 헤어졌단 말인가. 보면 볼수록 형편없는 위인이었다.

이 능력이 생기기 전까지 아빠한테 생각을 다 읽히며 살았다는 사실을 알고 나니 발가벗겨진 기분이었다. 짜증 나 주먹으로 침대를 내리쳤더니 둔탁한 소리와 함께 먼지가 폴폴 피어올랐다. 몇 번을 더 내리쳤다. 기분이 하나도 나아지지 않았다.

소연의 머리핀 1

그토록 바라던 기회가 찾아온 건 이틀 지난 수요일이었다. 1교시 마친 후 옥상에 올라가 담배를 한 대 피웠다. 교실에 들어와 보니 아무도 없었고, 칠판엔 '수업 변경, 체육관으로'라고 쓰여 있었다. 갑자기 체육으로 바뀐 것이다. 수업 5분 전에 출발해야 하는 체육 기준으로 나는 이미 지각이었다.

기왕 늦은 거, 아예 느긋하게 가기로 했다. 나는 체육복으로 천천히 갈아입었다. 교실에 혼자 있는 건 오랜만이었다. 고요함에 파묻혀 옷을 갈아입는데 무언가 반짝이는 게 눈에 띄었다. 소연이의 책상 위였다.

나는 홀린 듯 그쪽으로 갔다. 빛깔 좋은 연보라 리본 모양… 바로 머리핀이었다. 체육 시간이라 빼놓고 간 모양이다. 머릿결이 치렁치렁한 소연이는 체육 시간이 되면 동그란 머리끈으로 머리칼을 꽉 묶고 다녔다. 그러니까 지금 중요한 건, 이 연보라 머리핀은 소연이 몸과 수없이 접촉한 물건이고 내 눈앞에 무방비로 놓여 있다는 사실이었다. 망설일 이유가 없다. 나는 머리핀을 슬쩍해 내 교복 바지 주머니에 넣었다. 작아서 숨기기도 좋았다. 그러고는 횡재한 기분으로 체육관에 달려갔다.

운동하는 내내 소연이를 볼 때마다 짜릿했다. 이제부터는 소연이 생각을 마음대로 들을 수 있다. 머리핀을 손에 쥐고 바라보기만 하면 어떤 연예인을 좋아하는지, 어떤 영화를 재미있게 봤는지, 어떤 음식 취향인지 알아낼 수 있다. 오직 나만 소연이를 제대로 이해할 것이다. 하마터면 환호성을 지를 뻔했다.

문제는 뜻하지 않게 찾아왔다. 소연이가 교실에 오자마자 없어진 머리핀을 찾기 시작한 것이다. 여기까진 당연한 일이지만, 소연이 표정은 생각보다 많이 심각했다. 이까짓 게 얼마나 해서 저러나 싶었는데 급기야 소연이는 울음을 터뜨리고 말았다. 작년에 돌아가신 할머니가 준 마지막 선물이라는 것이다.

게다가 다음 시간은 영어, 즉 담임 수업이었다. 여학생들이 울고 있는 소연이를 대신해 상황을 일러바쳤다.

"선생님, 체육 시간에 누가 소연이 머리핀 훔쳐 갔어요."

담임은 무표정한 얼굴이었다.

"밖에 두고 온 거 아니니?"

"아니에요. 소연이가 책상에 놓아두는 걸 우리가 봤어요. 백 퍼 누가 훔쳐 간 거예요."

"잘 보관하지 그랬어."

"그거 돌아가신 할머니께 받은 거예요. 꼭 찾아야 해요."

소연이는 눈물을 뚝뚝 흘렸다. 담임은 말로 무마하기 어렵다는 걸 깨달았는지 반 전체 대상으로 소지품 검사를 시작했다. 우린 책가방과 사물함을 개방했다. 모두 침묵을 지키며 교실 뒤로 물러났다. 담임은 수납공간을 뒤지기 시작했다.

"크기는 어느 정도고 무슨 색이라 했지?"

제법 꼼꼼히 살피는 것 같았지만 담임의 수색이 형식적이란 걸 눈치채는 데에는 오래 걸리지 않았다. 학생들의 주머니까지 힘들여 뒤질 생각은 없어 보였다. 머리핀은 지금 내 교복 주머니에 있는데 말이다. 10분간의 수색이 소득 없이 끝난 건 두말할 필요도 없었다. 담임은 소연이에게 물건을 찾기 어려우니 포기하자는 말을 했고, 소연이는 한 번 더 울음을 터뜨렸다. 이렇게 넘어가서 다행이었다.

나는 쉬는 시간과 점심때도 아예 밖에 나가질 않았다. 오로지 소연이의 생각을 듣는 것에만 집중했다. 소연이는 한동안 돌아가신 할머니를 떠올리며 슬픔에 잠겨 있었다. 그 기억들은 음성이 되어 내 머리로 하나씩 전달되었다. 아침 먹고 가라며 소연이와 언니를 채근하던 목소리, 셋이 둘러앉아 고구마를 쪄 먹었던 추억, 꼬깃꼬깃한 지폐를 언니 몰래 쥐여 주던 모습. 소연이는 하나하나 떠올릴 때마다 눈물을 흘렸다. 소연이에게 할머니는 엄마 같은 존재였다. 그리고 작년에 돌아가셨다. 문득 부모님은 뭐 하시는 분들인가 궁금했지만, 소연이가 그쪽을 전혀 떠올리지 않아 알 수 없었다.

이튿날부터는 원래의 모습으로 돌아왔다. 소연이는 아이돌에 그다지 관심이 없는 듯했고, 픽사 애니메이션이라면 뭐든 좋아했으며, 호리호리한 몸과 어울리지 않게 먹을 걸 상당히 밝혔다. 까도 까도 양파처럼 의외의 모습이 발견되기에 나는 도저히 머리핀을 놓을 수 없었다.

그사이 한동안 코빼기도 안 비치던 준혁이가 우리 교실에 한 번 찾아오긴 했었다. 같이 한 대 피우자는 용건이었다. 얼마 전까지 녀석과 담배 피우는 시간을 즐겼으나 지금은 소연이를 지켜보느라 그럴 생각이 들지 않았다. 뭔가 할 말이 있는 듯했지만 일부러 외면했다. 그동안 날 섭섭하게 한 보복이기도 했다. 내가 꺼지라는 듯 손을 휙 저으니 준혁이는 고개를 절레절레 흔들고 돌아갔다.

아, 소시지 빵 먹고 싶다.

달달한 초콜릿도 먹고파.

돈은 이미 떨어졌고….

수학 시간인 지금도 소연이는 먹는 생각 중이었다. 점심시간 직전이라고는 해도 식욕이 좀 많이 왕성한 것 아닌가? 그런데도 날씬한 게 신기하다. 게다가 사 먹을 돈도 없다니. 옳지, 먹을 걸 사 주면 되겠군.

소연이는 그림 그리는 걸 좋아하고 틈만 나면 책 여백에 낙서를 한다는 사실도 알았다. 쉰대갈이 수업하는 지금도 낙서 중이었다. 소연이가 그리는 건 옷이었는데, 패션을 따지는 걸 보니 꽤나 신경 쓰는 듯했다. 나는 라디오를 청취하듯 소연이의 생각을 들었다. 그런데,

"김영우."

쉰대갈이 날 불렀다. 또 번호 대신 내 이름을 부른다. 나는 마지못해 뻣뻣하게 일어섰다. 지난번보다 복잡해 보이는 수학 문제가 칠판에 적혀 있었다.

"이 수식이 소거되려면 미지수가 얼마여야 하지?"

나는 상진이를 슬쩍 바라봤다. 그러고는 주머니 속에서 지우개를 찾았다. 그런데 손으로 열심히 더듬었는데도 상진이의 지우개가 만져지지 않았다. 그 순간, 아침에 갈아입은 바지에 지우개를 놓고 온 사실이 떠올랐다.

"왜 대답이 없어?"

쉰대갈이 재촉했다. 제길, 하필 이럴 때 상진이의 지우개를 깜빡하다니. 할 수 없이 머리핀을 쥐고 소연이를 바라봤다. 소연이도 똑똑하다 들었기에 기대감이 있었다. 정답을 떠올려야 할 텐데.

티셔츠는 검정 테두리에 흰색 투톤으로 칠하고….

배고파. 매점 도넛 먹고 싶어.

제기랄, 소연이는 온통 딴생각 중이었다. 이럴 때 도움이 되질

않다니. 할 수 없이 이번엔 평소의 나답게 가야겠다.

"모르는데요."

"뭐?"

"모르겠다고요."

쉰대갈은 안경을 추어올리며 언성을 높였다.

"모르는 게 자랑이야? 뒤로 나가."

나는 벌떡 일어나 뒤로 향했다. 조금이라도 쭈뼛거리면 지질해 보인다. 쉰대갈이 "뭐가 저리 당당해"라고 지껄였다. 그리고 다음 발표자를 번호로 불렀는데, 소연이가 걸렸다. 소연이는 당황한 모습이었다. 나는 소연이가 내 옆으로 불려 나오길 기대했다. 하지만 소연이는 칠판을 보더니 곧바로 말했다.

"1이요."

쉰대갈이 고개를 끄덕이는 것으로 상황은 종료되었다. 어떻게 다른 짓 하다가도 정답을 맞히지. 내 머리론 이해가 안 된다. 나도 공부 좀 할까 보다.

점심을 먹자마자 나는 매점으로 갔다. 소연이의 환심을 사기 위한 첫 작전이었다. 소연이가 떠올렸던 음식을 전부 샀다. 소시지빵, 초콜릿 그리고 선착순으로 줄 서야 살 수 있는 도넛까지. 소연이에게만 주면 쑥스러울 게 뻔하므로 소연이 친구들까지 먹을 만큼 충분히 샀다.

봉지를 들고 교실로 왔다. 소연이 무리는 자리에 둘러앉아 수다를 떨고 있었다. 제길, 다가가야 하는데 몸이 굳어 버린다. 나는 일부러 고개와 손가락을 꺾어 우두둑 소리를 냈다. 흠, 흠, 목도 한번 가다듬고 그쪽으로 걸어갔다.

"자."

검은 봉지를 소연이 자리에 던져 놓자, 애들이 곧바로 격한 반응을 보였다.

"뭐야?"

"대박! 우리 주는 거?"

"얼, 김영우 웬일?"

"기분 좋아서 사 주는 거야."

나는 일부러 소연이와 눈을 마주쳤다. 소연이는 재빨리 시선을 돌렸다. 외면하는 모습까지도 저렇게 귀엽다니. 나는 격한 환호를 받으며 자리로 돌아왔다. 소연이네 무리는 간식을 정신없이 나누고 있었다.

소연이는 지금 무슨 생각일까. 예상하지 못한 호의에 감동했겠지? 나는 주머니에 있는 머리핀을 쥐고 소연이의 마음속을 감상했다.

이 빵 진짜 먹고 싶었던 건데.

어쩜 타이밍이 이렇게….

쟤는 이런 걸 아무렇지도 않게 사 주네. 돈이 많은 앤가?

옳지. 효과가 있다. 웃음이 새어 나오려는 걸 참아야 했다. 계속 소연이의 생각을 엿들었다. 소연이는 먹는 동안에는 대체로 긍정적인 생각을 했다. 그런데 먹고 나서 다른 생각을 하기 시작했다.

아, 다이어트 중인데 정신 놓고 먹었어.

쟤는 이걸 왜 사 주는 거야.

그러고는 날 원망했다. 잘 먹고서 왜 저러지. 심지어 소연이는 저녁을 거르겠다는 생각까지 하고 있었다. 나는 그저 황당할 따름이었다.

내 다음 작전은 바로 다음 날 실행되었다. 아침에 소연이를 보니 표정이 평소와 다른 것이었다. 폰을 쳐다보는 소연이가 무척 심란해 보였다.

아아, 어떡하지!

만나면 뭐라고 말해.

나는 오늘도 담배 타임을 거르고 소연이를 바라봐야 했다. 준혁이가 나타났으나, 이번에도 그냥 돌려보냈다. 녀석과 데면데면해지니 좀 찜찜하긴 했다.

휴대폰을 꺼야 하는 9시 정각에야 비로소 진상을 알게 되었다.

오늘 얼굴 엉망인데… 서준이를 어떻게 만나.

오후 4시면 괜찮으려나? 카페는 좀 어둡겠지?

피가 거꾸로 솟았다. 1반의 강서준이란 녀석이 소연이에게 고백을 한 것이다. 그리고 자기와 사귈 마음이 있으면 오후 4시에 학교 근처의 L 카페에서 보자고 어젯밤에 디엠을 보내왔다. 더욱 분통 터지는 일은 소연이가 그걸 진지하게 고민하고 있다는 것이다. 비상사태였다. 눈 뜬 채로 소연이를 빼앗기게 생겼다.

나는 곧장 행동에 들어갔다. 1반에 있는 내 부하, 아니 친구들을 통해 강서준의 신상부터 털었다. 인기 좋고, 착하고, 전형적인 모범생이란다. 서준이에게 옥상으로 올라오라는 통보도 했다. 그리하여 3교시가 끝나자마자 강서준과 만날 수 있었다. 생각보다 키가 훤칠했으며, 안경 때문에 단조로운 눈매가 잘생겨 보이기까지 했다. 이 새끼 이거, 완전 안경발이다. 나는 노려보며 말을 걸었다.

"네가 강서준이냐?"

"…어."

녀석이 눈을 제대로 마주치지 못하는 걸로 보아 꽤 긴장한 듯했다. 일단은 내가 어떤 존재인지 알고 있을 테니까. 나는 그 점을 충분히 이용하기로 했다.

"내가 왜 불렀는지 알아?"

"…아, 아니."

나는 이 대목에서 담배를 물었다. 서준이는 침을 꼴깍 삼키며 내가 불을 붙이는 모습만 바라봤다. 난 일부러 녀석의 얼굴 방향으로 연기를 훅 뿜었다.

"감히 내가 찍은 애를 넘봐?"

“그게 무슨 말인지….”

눈치가 둔한 녀석인가 보다. 아니면 모르는 척하고 있거나.

“어디서 시치미를 떼. 너 어제 소연이한테 디엠 보냈지?”

그제야 녀석의 눈이 동그래졌다. 아마 까무러칠 만큼 놀랐을 것이다. 그 와중에도 서준이는 애써 침착한 투로 물었다.

“그걸 네가 어떻게 알아?”

“어떻게 알긴 인마. 그렇고 그런 사이지.”

거짓말이었지만 녀석은 확실히 동요되는 모습이었다.

“그, 그럴 리가…. 분명 남자 친구 없다고 들었는데.”

“내가 먼저 썸 타고 있었다, 새꺄.”

서준이는 쥐어짜듯 말했다.

“그럼 아직 나한테도 기회 있는 거 아니야? 소연이가 오늘 나오면… 억!”

녀석의 말을 듣다 짜증 나서 멱살을 잡아 벽으로 확 밀쳐 버렸다. 충격의 반동이 녀석의 몸을 통해 내 손으로 전해졌다. 나는 여전히 멱살을 쥐고 노려봤다. 그때 서준이의 생각이 들려오기 시작했다.

소연이는 분명 나와 줄 거야. 난 믿어.

이어지는 생각들이 모두 가관이었다. 게다가 분한 표정까지도 마음에 안 들었다. 나는 이 안경발 녀석을 어떻게든 돌려세우기로 마음먹었다.

"좋은 말 할 때, 맘 접어."

"…."

녀석은 속으로 원망과 울분에 차 있었다. 어떻게든 소연이가 카페에 나오기만 하면 승산이 있다고 생각하는 모양이었다. 나는 그 점을 명확히 짚었다.

"오늘 약속, 취소해."

싫어!

"지금 당장 연락해."

싫다고, 네가 뭔데?

퍽!

결국 내 주먹이 참지 못하고 녀석의 배에 강렬한 한 방을 꽂아 넣었다. 서준이는 배를 움켜쥔 채로 쪼그려 앉았다.

"…왜 때려?"

"생각이 불손한 죄."

서준이의 눈이 휘둥그레졌다. 별 미친놈을 다 보겠다는 표정이다. 난 다시 녀석의 멱살을 휘어잡았다.

"딴생각하면 죽는다. 약속 취소할래, 안 할래."

어떻게든 시간을 끌어야 해.

"시간 끌 생각하지 말고."

서준이가 흠칫 놀랐다.

얘 뭐지? 좀 이상해.

"난 정상이니까 네 걱정이나 하시고."

녀석의 눈이 다시 커졌다. 저러니 참 못생겨 보인다. 녀석은 혼란스러운 모양이었다. 나는 그 모습이 우스워 웃음이 나오는 걸 참았다. 서준이가 기어들어 가는 목소리를 냈다.

"가방에 폰 두고 왔어. 지금 교실에 가서 가져올게."

당장 교무실로 가야지.

"오호, 선생님한테 이르시겠다?"

"아, 아니. 그런 말 한 적 없는데."

이상하다. 어떻게 알았지? 내가 지금 꿈을 꾸나?

"좀 더 맞아야 정신 차릴래?"

내가 치려고 시늉하니 녀석이 몸을 웅크렸다.

"알았어, 알았어. 폰 가져올게."

이번엔 진심인 듯했다. 나는 잡았던 멱살을 놓아주었다. 그래도 썩 미덥지 않아서 일 처리가 가장 확실한 지석이를 붙였다.

"이 새끼 딴 데로 안 새는지 잘 감시해."

서준이는 거의 울먹이는 표정으로 옥상 문을 나섰다. 아마 이만큼 조졌으면 더는 딴생각 못 할 거다. 능력을 이렇게 쓸 수 있다니, 아주 유용하다.

녀석은 3분도 안 되어 다시 나타났다. 그리고 내가 보는 앞에서 소연이에게 디엠을 날렸다.

녀석이 눈물을 또르르 흘렸다. 하여간 쓸데없이 감상적인 녀석
이다. 단언컨대 내 허락 없이는 누구도 소연이에게 접근할 수 없다.

준혁의 라이터 1

금요일 오후가 되었다. 날씨가 좀 좋아질라치면 뿌옇게 먼지가 끼는 하늘이었다. 산이 흐릿해 보여 답답했다. 나는 평소 쓰던 검은 마스크를 가지고 피시방으로 갔다. 오후 4시 9분. 약속보다 20분쯤 늦을 것 같았다. 아주 적당했다. 명색이 짱인 내가 먼저 가서 기다리는 건 폼이 안 나니까.

오늘 자리는 내가 마련했다. 준혁이에게 소홀했던 게 미안하기도 했고 내 마음도 좀 풀렸기 때문이다. 신나게 게임을 즐기고 나면 앙금 따위 풀어지는 게 보통이었다. 준혁이가 먼저 나를 바람맞혔지만, 나도 요 며칠 무시했으니 서로 비긴 셈이었다. 나는 피시방 앞에서 고개를 꺾어 우두둑 소리를 내고 안으로 들어갔다.

"여어, 왔냐."

"오셨습니까."

지석이를 비롯한 동갑내기 친구들은 손을 들어 인사했고, 후배들은 벌떡 일어나 허리를 숙여 인사했다. 나는 인사를 제대로 못 받으면 그날 컨디션이 안 좋은 사람이다. 방금은 아주 마음에 들었는데, 준혁이가 대충 눈인사만 건넨 것이 거슬렸다. 저 자식, 아직도 꽁해 있는 건가.

난 일부러 준혁이를 등진 자리에 앉았다. 서로 얼굴이 안 보이는 위치였다. 일단 녀석의 마음이 풀어지기 전까지는 이러는 게 나을 것 같았다. 내가 이렇게 세심한 배려를 해 주다니. 오준혁, 많이 컸다.

친구와 후배를 적당히 섞어서 4 대 4 팀전을 했다. 언제나 그렇듯 내가 A팀이었고, 준혁이가 B팀이었다. 승부욕 때문인지 우리 팀의 의사소통은 평소보다 활발했다. 각자 주어진 총을 가지고 서로를 죽이는 게임이 시작됐다.

우리 팀의 작전은 일단 뭉쳐 다니는 것이었다. 너무 넓은 맵이 걸려서 마땅히 숨을 지형지물도 없었다. 이럴 땐 엄폐 후 저격보다는 화력으로 승부하는 게 훨씬 나았다. 우리 팀은 갈대숲에서부터 일제히 포복을 시작했다. 게임 화면 하늘에 까마귀들이 까악 까악 울며 날아다녔다. 참 쓸데없이 디테일한 게임이다.

갈대숲의 중앙을 지나쳤을 무렵, 후배 하나가 소리쳤다.

"오른쪽에 수류탄 옵니다!"

그 말에 우리 팀 네 명 모두 동시에 몸을 굴리는 긴급 탈출을 시도했다. 다행히 수류탄은 한발 늦게 떨어졌고, 사정권에서 벗어난 우리 팀은 아무도 죽지 않았다. 오늘은 팀워크가 척척 맞았다. 우리는 수류탄을 던진 녀석을 찾아내 바로 사살했다. 넷이서 하나를 쓰러뜨리는 건 일도 아니었다.

그 뒤론 이렇다 할 위기 없이 준혁이네 팀을 각개 격파하는 데 성공했다. 첫판을 진 준혁이는 말이 없었다. 분통을 터뜨리는 꼴을 봐야 하는데 오늘따라 조용했다. 그저 무표정한 눈으로 다음 판을 준비하는 모습이었다.

다음 판도, 그다음 판도 우리 팀이 이겼다. 내리 세 판을 이기니 우리 팀은 흥이 제대로 올랐다. 나는 지난주에 준혁이가 했던 말을 그대로 되돌려줬다.

"그 팀 오늘 왜 그러시나. 교육 좀 시켜야겠어. 팀워크가 영."

그랬는데도 준혁이는 반응이 없었다. 같은 팀원들이 준혁이 눈치를 보기 시작했다. 장난을 쳐도 이런 식이면 나도 기분이 나쁠 수밖에 없다. 명색이 오른팔이라 위신을 세워 줘야 하기에 욕을 날릴 수도 없었다. 나는 꾹 참고 게임을 계속했다. 내 기분과 상관없이 게임은 무척 잘 풀렸다.

"야, 간만에 당구나 치러 갈까."

한 시간 넘게 게임하다 내가 제안했다. 사실 말이 제안이지, 내가 말하면 그렇게 해야 한다는 걸 다들 알고 있다. 우리는 진행 중인 판을 마지막으로 모두 일어났다. 결과는 6승 1패. 쾌거에 가까운 승리였다. 내기 게임이었으므로 준혁이 팀이 피시방 값을 계산하고 길거리로 나왔다. 바깥 공기는 아까보다 후덥지근했다.

"아오, 먼지 진짜."

다들 마스크를 썼다. 우린 모두 검은 마스크를 쓰고 다녔다. 딱히 이유가 있는 게 아니라 내가 검은 걸 쓰고 다니기 때문에 다들 따라 하는 것이었다. 내가 친구들을 이끌고 시내를 활보할 때, 통일된 검은 마스크는 묘한 멋을 연출했다. 길거리에서 사람들이 우릴 보고 옆으로 물러날 때의 쾌감이란! 지금도 그런 기분을 느껴보려고 뒤를 돌아봤다. 그런데 준혁이 녀석이 하얀 마스크를 쓰고 있었다. 약국에 파는 제대로 된 방역 마스크였다. 나는 일부러 실실 웃으며 물었다.

"원래 마스크는 어쩌고?"

"목이 좀 아파서. 하나 샀다."

몸이 안 좋다는데 달리 따질 말은 없었다. 그래도 찜찜한 것은 어쩔 수 없었다. 준혁이 녀석, 오늘따라 왜 자꾸 튀지. 나는 화제를 돌렸다.

"너희 반에 전학 온 풍기란 놈은 어때. 조용히 지내냐?"

"…어. 요샌 조용하다."

어째 대답이 시원하지가 않다. 지난주에는 무슨 재난이라도 닥친 것처럼 풍기에 대해 경고하던 녀석이 아니던가. 나는 다른 질문으로 파고들었다.

"너한테 시비 안 걸어?"

준혁이는 말없이 고개만 끄덕거렸다. 저런 모습까지도 답답하다. 뭐라고 한마디 해 주고 싶은 마음이 목구멍까지 치솟았지만 참았다.

어느새 걷다 보니 눈앞에 놀이터가 보였다. 시설이 제대로 관리되어 있지 않아 어린이들이 이용하지 않는 곳이었다. 여기서 당구장까지도 거리가 꽤 되므로 한 번 쉴 때가 되었다. 나는 한 대 피우고 가자는 수신호를 보냈다. 후배들이 일사불란하게 움직였다. 두 녀석이 주변을 망보기 시작했고, 다른 녀석들은 라이터를 꺼내 서로 담뱃불을 붙여 주었다.

나는 일부러 준혁이 옆으로 다가갔다. 준혁이는 말없이 라이터를 꺼내 내 담배에 불을 붙였다. 한 모금 빨아들이고서 준혁이에게 불을 붙여 주려 했다. 내가 라이터를 달라고 손짓하니 준혁이는 대수롭지 않게 건넸다. 잘 켜지지 않아 몇 번을 시도하고서 불을 붙여 주는 순간이었다.

이 녀석이 풍기 형한테 과연 승산이 있을까.

그때 준혁이의 목소리가 들려왔다. 미처 예상 못 한 상황이라 당황했다. 지금 보니 나는 준혁이의 물건을 든 채로, 녀석을 바라보고 있었다. 그래서 준혁이의 생각을 들을 수 있는 것이었다.

적당히 설쳐라. 너 끝날 수도 있으니까.

오른팔인 준혁이가 이런 생각을 하고 있다니! 순간 열이 확 올라왔다. 준혁이가 라이터를 돌려받으려고 손을 내밀었으나, 나는 무시한 채로 계속 노려보기만 했다. 준혁이는 의아한 표정이었다. 나는 오랜 친구로서 준혁이가 나에 대해 긍정적인 생각을 해 주길 바랐다. 하지만,

뭘 꼬나 봐.

깡다구밖에 없는 새끼.

들리는 소리라곤 이런 것뿐이었다. 대체 안 본 사이에 무슨 일이 있었단 말인가. 준혁이는 얼굴에 미소를 띠었다.

"왜 그래? 라이터 갖고 싶으면 가져. 나는 많으니까."

이젠 라이터도 삥 뜯냐?

들리는 말과 상반된 준혁이의 생각에 한 대 맞은 듯 어지러웠다. 나는 겨우 마음을 추스르고 한마디 물었다.

"너 나한테 할 말 있지 않았냐? 우리 반에 계속 찾아왔잖아."

"내가? 아, 그냥 한 대 피우자고 찾아간 거였지."

이미 말하긴 글렀지, 새꺄.

녀석은 겉으로는 온화한 표정을 한 채로 이런 생각을 품고 있었다. 나는 녀석이 떠올린 생각의 뜻을 알고 싶었다.

"아닌데. 그날 표정 심각하던데. 나한테 뭔가 통보하려던 거 아니었어?"

담배를 피우던 친구와 후배들이 모두 이쪽을 바라봤다. 일부러 '통보'라는 말에 힘을 줬기 때문이다. 준혁이가 눈을 크게 떴다.

"그게 무슨 소리야."

설마, 눈치챘나?

여기까지 들으니 감이 잡혔다. 준혁이 녀석이 왜 한동안 코빼기도 안 비쳤는지, 어째서 최근에 심각한 표정으로 찾아왔는지. 그 사이 뭔 일이 터진 게 틀림없었다. 이제는 그 답을 들을 차례였다.

"오준혁."

"어?"

"3초 안에 대답해라. 넌 지금 누구 편이냐?"

"그야 난⋯."

씨발.

픽!

나는 곧바로 녀석의 턱에 주먹을 날렸다. 정확히 3초 뒤였다. 준혁이는 뒤쪽으로 주춤거렸으나 후배들이 잡아 주어 쓰러지진 않았다. 녀석이 황당한 표정으로 턱을 어루만지며 말했다.

"야, 왜 말하려는데 치고 난리야! 기분 나쁘다."

"3초 지났거든. 대답할 때 뜸 들이는 거 질색이라서."

녀석이 헛숨을 내뱉었다.

"겨우 그런 이유로 날 쳐? 그것도 애들 보는 앞에서?"

"다시 묻는다. 넌 지금 누구 편이냐?"

"몰라서 묻냐!"

이번엔 대답이 바로 튀어나왔다. 준비된 대답이었다. 하지만 녀석의 속생각까지 나를 속일 순 없었다.

무식한 새끼.

"무식한 새끼라고?"

퍽!

준혁이는 또 비틀거리며 뒤로 물러났다.

"이러지 마… 말로 하자."

미친놈! 할 줄 아는 게 주먹질밖에 없지.

"미친놈이라고?"

이번엔 발길질로 복부를 가격했다. 녀석은 엉덩방아를 찧으며 나동그라졌다. 그제야 친구들이 준혁이와 나를 에워쌌다. 후배들이 내 팔을 붙잡으며 말렸다.

"차, 참으십쇼!"

내가 누군가를 팰 때, 함부로 말렸다간 어떻게 되는지 이놈들이 모를 리가 없다. 팔을 붙잡은 두 놈을 차례로 바라봤다. 녀석들의 생각이 들려왔다.

안 말리면 지석 선배가 가만 안 둘 거야.

두 놈 모두 불손한 생각은 없어 보였다. 후배들이 조금 불쌍하게 여겨진 까닭에 나는 전에 없던 기회를 한 번 줬다.

"괜찮으니까, 이제 놔."

후배들은 서로 눈을 마주치며 망설이더니 스르륵 팔을 풀었다. 나는 쓰러져 있는 준혁이에게 다가가 쪼그려 앉았다.

"오준혁."

"…."

"애들이 보고 있다. 생각 잘해. 넌 지금 누구 편이냐?"

준혁이가 피 묻은 이를 드러내며 소리쳤다.

"미친 새끼야! 물어볼 걸 물어라!"

초등학교 시절부터 단짝 친구였던 준혁이는 유일하게 내게 막말을 뱉을 수 있는 사람이었다. 내가 지금 속이 미어지는 것은 준혁이의 말 때문이 아니었다. 녀석의 생각 때문이었다.

이렇게 된 이상, 네가 고꾸라지는 꼴을 꼭 볼 거다!

"후우…."

마음을 추스를 시간이 필요했다. 친구였던 녀석을 이런 식으로 보내는 것은 나도 원치 않았다. 어느새 담뱃재가 늘어져 밑으로 뚝 떨어졌다. 나는 허공을 향해 연기를 내뱉었다.

"가라."

그러고는 준혁이의 뺨을 주먹으로 툭 건드렸다. 주먹에 힘을 싣지 않은 건 친구에 대한 마지막 예우였다. 준혁이는 세게 맞기라도 한 듯, 멍한 눈으로 뺨을 어루만졌다. 지켜보던 지석이가 다가와 말했다.

"김영우, 왜 그래. 준혁이가 오늘 띠꺼웠어도 이건 아니잖아."

진상을 모르는 지석이에게 말해 봐야 소용없다. 나는 말없이 준혁이만 노려보았다. 준혁이는 몸을 한번 부르르 떨더니 스프링처럼 팍 튀어 올라 달음박질치기 시작했다. 나는 쪼그려 앉은 채 쳐다봤고, 녀석은 눈 깜짝할 새 사라졌다.

지금 상황을 이해 못 하는 시선들 앞에서 나는 외로웠다. 굳이 설명하고 싶지도 않았기에, 담배나 계속 피우라는 손짓을 했다. 이런 분위기에 딴지를 걸 만한 녀석은 없었다. 먼지 낀 하늘은 욕이 튀어나올 만큼 답답했다.

내뿜은 연기처럼, 하늘을 가리고 있는 먼지처럼 모든 게 혼탁했다. 손을 휘저어 모두 걷어 낼 수만 있다면…. 내가 다른 사람의 생각을 듣는 능력을 지니고 있다는 사실이 처음으로 씁쓸하게 다가왔다.

아빠의 양말 2

이튿날인 토요일엔 집에서 숨만 쉬었다. 원래대로면 애들을 이끌고 다녀야 하는데 의욕이 없었다. 아빠도 요즘 한창 잠복근무 중이라 집에 안 들어오니 혼자 게임하고 있으면 시간이 잘 갔다. 대신 지석이로부터 꼬박꼬박 동향을 보고 받았다. 녀석들도 할 게 없어 피시방에서 죽치는 중이라 했다.

온종일 한 번도 창밖을 내다보지 않은 날은 오랜만이었다. 바깥 날씨가 어땠는지, 밤공기는 얼마나 차가운지 깡그리 모른 채로 하루를 흘려보냈다. 그리고 새벽까지 게임하다 잠들었더니 일요일 정오 무렵에야 눈이 떠졌다.

나를 깨운 건 다름 아닌 기념일 알람 소리였다. 몽롱한 정신으로 폰 화면을 보니 오늘이 엄마 생일이었다. 나는 한참을 멍하니 있었다. 엄마 생일에 함께 했던 기억은 3년 전이 마지막이었다. 그해 가을에 엄마 아빠가 갈라서는 바람에 그 뒤론 생일이라고 따로 모이는 일은 없었다.

작년부터는 엄마를 보기가 더 껄끄러워졌다. 엄마가 재혼했기 때문이다. 전화를 걸면 난처해하는 기색이 느껴졌다. 새로 남편 된 아저씨가 좋아하지 않는 것 같았다. 게다가 아저씨의 열 살 먹은 딸과도 함께 산다고 들었다. 나 같은 놈에 비하면 얼마나 귀여울까. 작년 이후로 엄마가 내게 전화한 횟수도 눈에 띄게 줄었다. 오늘은 그런 엄마의 생일이었다.

어떡해야 하나 잠시 고민했다. 전화를 과연 반갑게 받아 줄까. 대신 문자를 보내는 방법도 있긴 한데, 그래도 엄마 생일 아닌가. 케이크를 나눠 먹지는 못할망정 달랑 메시지뿐이라면 별 의미가 없다. 나는 곧바로 통화 버튼을 눌렀다.

뚜루루루. 뚜루루루.

신호음이 울릴수록 긴장감도 커졌다. 작년 12월에 통화한 게 마지막이었으니 대략 넉 달 만이었다. 그땐 엄마가 독감에 걸려 목소리가 심하게 가라앉아 있었다. 이제는 괜찮겠지. 이런저런 생각을 하며 엄마를 기다렸다. 신호음은 예상보다 길게 울려 퍼졌다.

"전화를 받지 않아 소리샘으로 연결되며…."

맥없이 전화를 끊었다. 일요일 정오를 막 넘긴 지금 전화를 못 받는다면 엄마가 가뭄에 콩 나듯이 다니는 성당 미사 때문일까. 아니면 일부러 안 받는 걸까. 나는 여자 친구에게나 하던 '밀당 추리'

를 엄마에게 하고 있었다. 분명한 건 이제 다른 방법으로 생일 축하를 전해야 한다는 점이었다.

부재중 전화가 떴을 테니 문자라도 남겨야 했다. 나는 엄마와의 대화창을 열었다. 엄마와 주고받은 마지막 문자는 올해 1월 1일이었다. '해피 뉴 이어' 그림을 보낸 게 끝이었다. 나는 축하 문자를 더듬더듬 적어 갔다. 엄마가 이리도 어렵게 문자 내용을 고민해야 하는 대상이 돼 버리다니.

그런데 문자를 다 적었을 무렵, 전화벨이 울렸다. 다름 아닌 엄마였다. 에이 씨, 힘들게 썼더니만….

"여보세요."

"어, 전화했었어?"

일부러 무미건조하게 받았는데, 엄마는 내 목소리 따위에 신경 쓸 여력이 없어 보였다. 뭔가 굉장히 정신없는 가운데 급히 전화한 느낌이었다. 빨리 용건만 말하고 끊어야 할 것 같은 분위기랄까. 축하해 주려다 김이 팍 샜다.

"엄마 생일이라 전화했지."

"기억하고 있었어?"

엄마는 그 와중에도 밥은 제때 해 먹고 다니냐, 청소는 자주 하고 지내냐 같은 시시콜콜한 것들을 물었다. 나는 어쩌면 이런 걸 그리워했는지도 모른다. 엄마 말이 푸근하게 들려왔으니 말이다. 하지만 대답은 엇나갔다. 밥은 전부 사 먹고, 청소는 도우미가 해

준다고 대답했더니 수화기 너머로 한숨이 들려왔다.

"정학 받은 뒤론 마음잡고 학교 다니는 거지?"

"어, 그럼."

1년이나 지난 얘기를 또 물어본다. 당시에 엄마는 걱정이 나서 정학 기간 내내 매일 전화하고, 날 찾아오기도 했었다(그땐 재혼 전이었다). 단지 학교 가기 싫어서 며칠쯤 빠졌고, 하필이면 그때 고등학교를 자퇴했다는 놈과 길거리에서 시비가 붙어 피투성이가 되도록 주먹을 주고받아 내려진 벌이었다.

웃긴 건 자퇴한 고등학생 놈의 부모가 경찰서에 신고를 했다는 점이었다. 내가 훨씬 많이 패긴 했지만, 더 어린 나를 가해자로 몰아 신고하다니. 그놈은 쪽팔리지 않았을까. 어쨌든 경찰서에선 훈방 정도로 그쳤지만, 학교에서는 아니었다. 엄마가 교무실에 찾아가서 읍소를 했는데도 일주일 정학을 먹었다. 그리고 차라리 소년원에 가는 게 나았겠다 싶을 만큼 아빠한테 맞았다. 형사 아들이 경찰 망신을 시켰다는 이유에서였다. 이게 벌써 작년 일이고, 그 뒤로 엄마 말이 업데이트되지 않는 것은 할 말이 없다는 뜻이다. 그렇다면 새로운 소식을 전해도 좋을 것이다.

"엄마, 사실은⋯."

여기까지 운을 떼고 잠시 멈췄는데 엄마는 아무 말이 없었다. 알아서 듣고 있겠지 생각하며 다음 말을 전했다.

"나한테 신기한 능력이 생겼어."

수화기 너머로 숨이 턱 멎는 듯한 소리가 들렸다. 엄마는 어째서 애기도 안 듣고 놀라는 걸까. 이유는 곧바로 밝혀졌다.

"혹시 다른 사람 생각이 들리니?"

"어떻게 알았어?"

내가 반문하자 엄마는 또 한숨을 쉬었다. 오히려 올 게 왔다는 식이었다. 엄마가 착 가라앉은 목소리로 물었다.

"언제부터 그랬어?"

"…지난주부터."

"지금 엄마 생각도 들려?"

"아니. 그렇진 않은데."

다른 사람의 생각을 듣기 위해서는 그 사람과 신체를 접촉하거나, 그 사람 소유의 물건을 만지며 대상을 바라봐야 했다. 지금 나는 엄마의 물건을 가지지도 않았고 엄마가 보이지도 않았다. 그런데도 엄마는 경계하는 눈치였다.

"너도 이제 네 아빠랑 같아졌구나."

빌어먹을 아빠와 나를 동일 선상에 놓다니.

"왜 그렇게 말해? 내가 갖고 싶어서 생긴 능력 아니야."

"그렇겠지. 그래도 좀 무섭다."

"…"

"내가 네 아빠랑 같이 산 세월이 얼만데. 그거 가까운 사람한테는 쓰지 마. 아주 몹쓸 능력이야."

진저리를 치는 말투였다. 대체 아빠랑 무슨 일이 있었던 걸까? 좀 더 물어보고 싶었는데 엄마가 선수를 쳤다.

"엄마 들어가 봐야 하니까 끊을게. 밥 잘 먹고, 라면만 끓여 먹지 말고. 알았지?"

빨리 끊고 싶어 하는 눈치였다. 마치 이혼 직전의 아빠를 대하는 듯한 느낌이다. 이제 나까지 괄시하는 건가. 나는 어떻게든 시간을 끌어 보려 했다.

"엄마!"

제길, 끊어져 버렸다. 정말로 자기 생각이 나한테 들린다고 생각하는 건가. 나는 휴대폰을 침대로 던져 버렸다. 휴대폰은 매트리스에 맞고 튀어 올라 방바닥에 요란한 소리를 내며 떨어졌다. 내 기분도 덩달아 추락해 버렸다.

금요일 아침에 나갔던 아빠는 이틀이 지나서야 돌아왔다. 제때 씻지도 않았는지 머리가 기름기로 절어 있었다. 분명 양말도 갈아 신지 않았을 것이다. 내 방에 갖다 놓은 아빠 양말도 저랬겠지. 아빠는 평소처럼 나를 뚫어지게 쳐다봤다.

"저녁 먹었냐?"

나더러 또 라면이나 끓이라는 소리였다. 사흘 만에 보면서 첫마디가 심부름이라니. 나는 보란 듯이 팔짱을 꼈다.

"잠복근무하면서 컵라면 같은 거 안 먹어?"

"공쳤는데 컵라면은 무슨."

어쩐지 평소보다 많이 지쳐 보인다 했다. 아빤 소파에 너부러진 채 손가락 하나 까딱하지 않았다. 할 수 없이 냄비에 물을 받아 가스레인지 위에 올렸다. 텔레비전 소리가 침묵의 여백을 메워 주었다. 화장실 앞에 아무렇게나 던져진 양말 쪼가리들을 보며 내 방에 있는 아빠 양말을 얼른 치워야겠다고 생각했다. 하지만 그전에 물어볼 게 있었다.

"아빠."

"…."

"아빠!"

"왜 인마!"

별, 텔레비전에 집중하는 것 같지도 않은데 신경질은. 말 걸기부터 전투적이어야 하는 이 상황은 대체 뭐람. 나는 더 전투적으로 나가기로 마음먹었다.

"오늘 엄마 생일인 거 알아?"

아빠는 굳게 입을 다물었다. 안다는 건지 모른다는 건지 알 수는 없으나, 어쨌든 반가워하지 않는 소식임은 틀림없었다. 나는 더욱 따져 들었다.

"엄마랑 연락 안 하고 지내지?"

"…."

"엄마 재혼한 뒤로 더 그러지?"

“닥치고, 라면이나 끓여.”

그 말을 고분고분 들으면 김영우가 아니다. 난 아예 작심하고 본론을 꺼냈다.

“아빠는 왜 맨날 엄마랑 싸웠어?”

“…….”

“마음을 헤아릴 수 있는데 어째 그 지경으로 헤어졌냐고.”

“에이 씨, 진짜!”

아빠가 리모컨을 휙 쳐들었다. 겨우 이 정도로 내 입을 막아 보려 했던 모양이다. 하지만 그러기엔 물려받은 내 성질이 너무나 더러웠다.

“나도 알 거 다 아니까 얘기해 보라고! 엄마를…….”

그 순간, 리모컨이 날아왔다. 나는 일부러 꿈쩍하지 않았다. 이마를 때린 리모컨이 바닥에 떨어지며 요란한 소리를 냈다. 건전지와 투입구 뚜껑이 이리저리 굴러다녔다. 이마가 화끈거렸다. 아빠가 멈칫했을 때, 나는 할 말을 마저 했다.

“배려할 수 있었잖아. 생각을 들으면 엄마가 얼마나 괴로웠는지 알았을 거 아냐!”

맞아 죽을 각오로 말했다. 내가 아무리 킥복싱을 배웠어도 유도 4단인 아빠와 붙어 이길 리 없었다. 이를 꽉 깨물고 있는데, 아빠는 의외로 잠잠했다. 대신 머리를 북북 긁으며 투덜거렸다.

“나 원, 집구석에 들어와서도 스트레스를 받네. 아들이란 놈은 바락바락 대들기나 하고. 넌 뭐가 그리 궁금해. 대답을 듣고 싶은 거냐?"

나는 아빠를 바라본 채 미동도 하지 않았다. 고개를 끄덕이는 행동조차 유치했다. 아빠도 나를 한참 노려보더니 결국 입을 열었다.

"네가 착각하는 것 같으니 가르쳐 주마. 그런 능력 생기면 다른 사람을 이해하고 더 잘해 줄 수 있을 것 같지? 웃기지 말라 이거야. 듣고 싶지도 않은 네 엄마 생각이 들려서 내가 얼마나 미칠 것 같았는지 알아?"

그때 가스레인지에 올렸던 냄비 물이 넘치는 소리가 들렸다. 하지만 나도 아빠도 움직일 생각은 없었다.

"네 엄마 생각 들릴 때마다 괘씸했어. 온통 자기 생각뿐이고, 형사 월급 뻔한 거 알면서 남들이랑 비교하질 않나, 아들놈이 사고 치면 내 탓만 하질 않나."

처음 들어 보는 아빠의 본심이었다. 제법 설득력 있게 들렸지만, 이 정도는 다른 집에도 충분히 있을 만한 일이었다. 나는 그 점을 놓치지 않았다.

"고작 그런 걸로 헤어지는 건 말이 안 되잖아. 싫으면 엄마 생각을 안 들으면 됐을 거고."

"안 듣고 살아? 그게 가능할 것 같냐? 손만 닿아도 들리고, 침대에 누워도 들리고 심지어 식탁 의자나 소파에 앉을 때마다 네 엄마 생각이 다 들리는데 안 듣고 산다고? 그럼 내가 심 봉사처럼 눈이라도 감고 살았어야 했다는 거냐?"

집 안 물건 대부분이 엄마 것으로 작용했던 모양이다. 아빠는 이런 걸 아무에게나 털어놓지 못했을 것이다. 한번 말꼬가 터진 아빠는 계속 쏟아 냈다.

"게다가 네 엄마도 자기 생각이 들리는 걸 아니까 아예 막 나가더라고. 내가 뭘 따지면 알면서 왜 그래? 했던 게 네 엄마야. 나중엔 아예 말도 안 통했다고."

내가 알던 엄마는 그렇게 개념 없는 사람이 아니었다. 무언가 이유가 있었을 것이다. 나는 일부러 카운터펀치를 날렸다.

"그래서 엄마를 욕하고 때린 거야?"

"…."

"그것도 내가 보는 앞에서?"

아빠는 침묵했다. 얼굴에 화가 덕지덕지 붙어 시뻘게진 채였다. 좀 더 건드리면 위험해질 것이다. 나는 폭발 직전인 라면 냄비에 다가가 불을 줄였다. 봉지를 뜯어 면과 스프를 넣고 왔더니, 아빠는 애써 화를 억누르는 중이었다.

"넌 이해 못 해. 내가 심했던 건 맞는데, 그렇게 하도록 만든 건 네 엄마였어."

동의할 수 없는 말이었다. 내가 비록 싸움을 좀 하고 다니지만 여자를 때리는 건 말도 안 된다. 나는 어릴 적부터 아빠 모습을 보며 치를 떨었다.

"그러니까 전부 엄마 탓이다 이거지. 엄마 생일 특집으로 아주 잘 들었습니다."

조롱 투의 존댓말로 마무리하고 내 방으로 들어와 버렸다. 라면이야 아빠 혼자 다 먹든지 말든지. 거실에서 넘어오는 아빠의 욕지거리가 귀에 꽂혔지만 나는 아무런 대꾸도 하지 않았다.

보면 볼수록 아빠는 한심한 사람이었다. 어째서 특별한 능력을 가지고도 저렇게밖에 못 살까. 주변 사람의 꿍꿍이를 용의자 취조하듯 캐낼 때만 능력을 썼던 모양이다. 그러니 엄마가 몹쓸 능력이라고 매도했겠지.

나는 이 능력을 써서 최대한 행복하게 살 것이다. 처음이라 조금은 서툴렀지만 이젠 이걸로 남을 괴롭게 하지 않을 것이다. 양주먹에 맹세코.

지금 내 결심은 확고하다.

상진의 지우개 2

월요일부터는 중간 평가였다. 내가 아무것도 안 하고 놀았을 뿐, 엄연히 닥쳐온 현실이었다. 시험 때가 되면 공부를 많이 한 놈일수록 더 긴장한다. 나처럼 성적에 연연하지 않으면 마음이 편한데, 다른 애들은 정신없어 보였다.

창밖으로 보이는 교정에는 라일락이 만발해 있었다. 햇빛도 창창하고 구름도 싹 걷힌 것이 놀기에 딱 좋은 날씨였다. 조금만 있으면 개교기념일부터 석가 탄신일과 어린이날까지 이어지는 연휴인데 내게는 그에 버금가는 황금기가 요즘이었다. 시험 기간에는 맘껏 엎드려 잘 수 있다. 게다가 점심 먹으면 학교가 끝난다. 이러니 내가 시험을 사랑하지 않을 수 없다.

오늘은 특히 기분이 좋았다. 믿는 구석이 있었기 때문이다. 상진이의 지우개만 있으면 녀석의 점수는 내 것이나 다름없었다. 이건 남을 괴롭히는 일도 아니었다. 나는 테스트할 겸 주머니 속으로 지우개를 쥐고 상진이를 바라봤다. 녀석은 막판 10분 전에 요약 자료를 흡입하고 있었다. 마치 진공청소기 같았다.

1교시 역사 시험은 엄숙하게 시작되었다. 여기저기서 시험지 넘기는 소리와 볼펜 소리만 들려왔고 그 외의 소리는 일절 사라졌다. 평소라면 2번과 3번 중 어느 걸로 몰아 찍을지 고민하던 나였지만, 오늘은 그럴 필요 없었다. 상진이가 알아서 정답을 중계하고 있었기 때문이다. 나는 그저 상진이가 살피는 문제를 눈으로 따라가기만 하면 되었다.

백제의 침략에 전사한 고구려의 왕은 고국원왕이고, 거꾸로 고구려의 침략에 죽은 백제의 왕은 개로왕이고… 그러니까 정답은 4번.

그러면 나도 4번을 적으면 되는 식이었다. 심지어 상진이는 문제를 다 풀고 나서 시험지에 표시한 답과 OMR 카드를 비교 검토할 때 머릿속으로 번호를 다 읊기까지 했다.

1번에 ④, 2번에 ①, 3번에 ⑤, 4번에 ③….

전부 똑같이 답을 고르면 나중에 의심받을 것이 뻔하니 상진이보다 적당히 두세 문제는 더 틀려 줘야 했다. 어쨌든 80점만 넘어도 나로선 대성공이니까.

1교시 시험이 끝나자마자 공부 좀 하는 녀석들이 상진이 주변에 몰려들었다. 서로 답을 맞춰 보는 중이었다. 나는 내 자리에서 그쪽을 바라봤다. 답이 엇갈릴 때 머리를 감싸 쥐는 녀석이 있는가 하면 자기가 맞혔다고 환호하는 녀석도 있었다.

가장 논쟁이 심한 건 마지막 서술형 문제였다. 아무래도 상진이가 틀린 것 같았다. 상진이가 쓴 것이 왜 오답인지 문제집을 들추며 설명하던 녀석들은 내심 기뻐했다. 반면 상진이 얼굴은 완전히 굳어 버렸다. 그것 말고도 틀린 문제가 하나 더 있었기 때문이다. 두 문제를 틀린 정도면 녀석에겐 최악이었다.

다음 수학 시험에서도 녀석은 흔들렸다. 한 문제를 놓고 끝까지 고민하는 모양새였다. 기다리다 지친 나는 아무 답이나 적어 놓고 먼저 책상에 엎드렸다. 상진이는 문제가 풀리지 않을 때마다 자기 비하를 했다. 그걸 듣는 것도 피곤한 일이었다. 어찌 됐든 녀석보다 조금 낮은 점수면 되니, 나는 기분 좋게 잠들었다.

밤늦게까지 신나게 놀고, 시험 둘째 날이 되었다. 나랑 돌대가리 녀석들 몇몇을 제외하고는 다들 눈에 쌍심지를 켜며 시험 시간 직전까지 공부하는 중이었다. 나는 소연이를 보며 주머니 속 머리핀을 쥐었다. 평소엔 그림에 심취하던 소연이가 지금은 시험 준비에 온몸을 불사르고 있었다. 소연이도 공부를 꽤 잘하니 답을 엿들을까 고민했지만 관두었다. 더욱 확실한 카드가 있는데 굳이 그럴 필요가 없지 않은가. 나는 엿듣는 대상을 상진이로 바꿨다.

그런데 지우개를 쥐자마자 깜짝 놀랐다. 시험을 준비하는 상진이의 마음가짐이 어제와 비교가 안 될 정도로 이상했기 때문이다.

시험 봐서 뭐해.

이미 망해서 개망신인데.

어제 엄마가 날 쓰레기 취급했어.

저런 상태로 시험을 제대로 볼 수 있을까. 나는 시작하기 전까지 녀석의 궁상맞은 생각을 고스란히 들어야 했다. 시험지를 받은 뒤로는 그나마 집중하는 모습을 보였다. 하지만 상진이의 분위기는 여전히 어두웠고, 뭔가 기계적으로 문제를 푼다는 느낌을 지울 수 없었다. 답을 받아 적으면서도 조금 불안했다.

오늘은 쉬는 시간이 되어도 다른 애들이 상진이 곁으로 모이지 않았다. 상진이가 아무도 상대하지 않으려는 듯 책상에 푹 엎드렸기 때문이다. 어제 상진이가 시험을 못 본 걸 다들 아는 눈치였다. 나는 축 늘어진 채 미동 없는 녀석의 등을 바라봤다.

어차피 인정 못 받아. 형보다 못하니까.

애들이 다 비웃겠지.

차라리 죽는 게 나아.

기왕이면 투신으로 한 방에….

저 녀석 저대로 괜찮은 걸까? 죽을 방법을 구체적으로 생각하고 있다는 게 마음에 걸렸다. 이런 상진이의 생각은 시험 시간에는 사라졌고, 쉬는 시간이 되면 다시 독버섯처럼 불쑥불쑥 튀어나왔다. 그래서 나는 쉬는 시간 동안은 녀석의 생각을 듣지 않기로 했다.

다시 게임에 진탕 빠졌다가 마지막 셋째 날이 다가왔다. 시험이 벌써 끝난다니 아쉬울 지경이다. 개중엔 밤새워 공부했는지 눈이 쾡한 녀석도 있었다. 한 문제라도 더 맞혀보려고 아등바등하는 꼴이 우스워 보였다.

다들 오늘 시험 과목들 중 관건은 영어라고 입을 모았다. 그도 그럴 것이 담임이 낸 영어 시험 문제는 어렵기로 악명이 높았다. 담임은 평소엔 웬만한 잘못도 눈감아 주고 별로 까다롭게 굴지 않는데 시험 때만 되면 학생들 좌절시키기에 희열을 느끼는 듯했다. 듣기론 문제를 성의 없이 내서 그렇다는 말도 있었다. 우리 수준을 충분히 고려해야 하는데 그렇지 않다는 것이다. 시험이 어렵든 말든 내 알 바는 아니었다. 어찌 됐든 난 그저 상진이의 답을 받아 적으면 되니 말이다.

상진이의 어깨는 어제보다도 축 처져 있었다. 분명 또 지질한 생각을 하고 있을 것이다. 나는 일부러 시험이 시작되기 전까지 지우개를 잡지 않았다. 녀석의 음울한 생각을 듣고 있노라면 나까지 열이 뻗칠 지경이니까. 녀석은 어제와 달리 준비를 열심히 하는 것 같지도 않았다. 시험에 나올 만한 영어 문장을 최종 점검하는 소연이와 대조적이었다. 차라리 소연이의 답을 엿들을까 고민했지만, 금세 관두었다.

시험지를 전달 받고 뒤로 넘긴 다음, 1교시 영어 시험이 시작되었다. 25문제 중 15문제가 듣기 문제라 곧바로 방송이 나왔다. 흔해 빠진 클래식 음악이 흐르던 것도 잠시, 낭랑한 목소리를 가진 외국인들이 열심히 영어를 조잘거렸다. 나는 평소처럼 지우개를 쥐고 상진이만 바라보았다. 그런데,

….

녀석은 아무 생각도 안 하고 있었다. 딴 사람도 아니고 무려 상진이가. 한 문제 정도는 그러려니 하고 다음 2번 문제를 기다렸다. 외국인들이 또 조잘거렸고, 2번 문제의 정답을 적는 볼펜 소리가 교실을 맴돌았다. 하지만 이번에도 상진이는 묵묵부답일 뿐이었다.

몇 문제를 흘려보내고 나서야 상진이가 시험 포기 상태라는 걸 알아챘다. 녀석의 행동이라곤 믿기지 않았다. 결국 나는 엿듣는 대상을 소연이로 바꿀 수밖에 없었다. 주머니 속 머리핀을 찾으려고 뒤적거리는 순간, 상진이가 생각했다.

죽어 버릴 거야.

"뭐?"

나도 모르게 입 밖으로 말이 튀어나왔다. 주변 학생들과 시험 감독 선생이 날 쳐다봤다. 설마, 내가 잘못 들은 거겠지. 계속 상진이의 생각을 엿들었다.

미뤄 왔지만 이젠 때가 됐어.

오늘 해야지. 시험 끝나고.

갑자기 왜 이러는 걸까. 평소에도 어두운 분위기의 녀석이긴 했지만 오늘은 더 심상치 않았다. 일단 시험에 전혀 신경을 쓰지 않

고 있는 게 확실한 증거였다. 얼른 소연이로 대상을 바꿔야 했지만, 차마 상진이의 생각을 못 들은 척할 순 없었다. 듣기 문제는 이제 거의 끝나 가고 있었다.

유서 따윈 안 써. 그럴 가치도 없는 인간들이야.

추정하건대, 녀석은 오래전부터 이런 생각을 해 온 듯했다. 지금 상진이의 상태를 아는 사람은 아마도 나뿐일 것이다. 그냥 무시해 버릴까. 그러자니 찔리고 나서자니 귀찮다. 젠장, 성가신 일에 엮여 버렸다. 상진이는 2교시, 3교시에도 계속 시험에 집중하지 않았다. 그래서 틈틈이 소연이의 생각을 엿들어 답안을 채웠고, 나머지 시간은 상진이의 상태를 살피는 데 썼다. 별로 유쾌하지 않은 경험이었다.

친구들이 피시방에 가자는 것도 마다하고 나는 학교를 나섰다. 내가 선택한 방법은 미행이었다. 적당한 거리를 둔 채로 녀석의 뒤를 쫓았다. 상진이는 앞만 보며 유령처럼 걸었다. 뒤를 돌아보는 용의주도함 따윈 없었고, 어깨와 등이 축 처진 채였다. 녀석은 학원 차나 버스를 타지 않았다. 그래서 뒤쫓기가 수월했다.

상진이는 10분쯤 걸어 아파트 단지에 들어섰다. 베란다 간격이 넓은 집들이었고, 단지의 조경이 한눈에 보아도 깔끔했다. 상진이가 혹시 마음을 다시 고쳐먹었을지 몰라, 나는 지우개를 쥐고 녀석을 바라봤다.

엄마 아빠가 내려다볼 때 가장 잘 보이는 곳으로 떨어질 거야.

맙소사. 녀석은 이미 실행 단계였다. 이대로 두면 아파트 옥상에 올라가 투신할 게 분명했다. 나는 자세를 낮추고 몸을 숨겼다. 마음 같아선 달려가 녀석의 뒤통수를 후려치고 싶었지만, 섣불리 행동했다간 일을 그르칠 가능성이 컸다. 무심한 얼굴로 지나치는 주민들의 시선이 괜히 신경 쓰였다.

상진이는 자기네 동으로 보이는 아파트에 다가가 공동 현관의 비밀번호를 눌렀다. 나는 화단 뒤에 숨어 그 모습을 지켜만 봤다. 이윽고 문이 열렸고, 녀석은 그 안으로 사라졌다. 나도 뒤따라 들어가야 하는데 비밀번호를 몰라 난처했다. 어쩔 수 없이 공동 현관 앞에서 기다렸다.

다행히 1분도 지나지 않아서 한 아주머니가 공동 현관문을 열고 들어갔다. 나는 그때를 놓치지 않고 재빨리 뒤따라갔다. 서늘한 그늘의 감촉과 함께 페인트 냄새가 콧속으로 파고들었다. 엘리베이터는 15층에 머물러 있었고, 맨 위층은 18층이었다. 옆에 선 아주머니가 신경 쓰이는 데다 빨리 쫓지 않으면 녀석의 목숨을 보장할 수 없는 상황이라, 나는 곧장 계단으로 뛰었다.

"헉…. 헉…."

10층도 오르지 못했는데 숨이 찼다. 허벅지에 타이어라도 매단 것 같은 느낌이었다. 18층까지 어떻게 올라가지. 층수 숫자와 비슷한 욕이 저절로 나왔다. 나는 뛰어가다 점차 걸었으며, 심지어는 손잡이를 붙잡고 기어가는 형국이 되었다. 간신히 18층에 올라가 보니 엘리베이터가 먼저 도착했다가 내려가고 있었다. 여름도 아닌데 소매와 목덜미가 흥건히 젖어 버렸다.

나는 숨을 몰아쉬며 한 층을 더 올라가 옥상 문 앞에 이르렀다. 조심히 손잡이를 돌려 보니 문이 열렸다. 대부분은 잠가 두는데 이상한 일이었다. 나는 최대한 소리가 나지 않게 하려고 문을 천천히 열어젖혔다.

끼이익.

요란한 소리에 머리카락이 쭈뼛 서는 기분이었다. 나는 통과할 만큼만 열고 재빨리 몸을 비집었다. 옥상 하늘의 밝은 빛이 눈을 찌르고 동시에 시원한 바람이 땀 맺힌 이마를 훑고 지나갔다. 풍경은 없고 오로지 푸른 하늘만 보였다.

벽 뒤에 숨어 고개를 내밀고 상진이를 찾아봤으나 눈에 들어오지 않았다. 설마…. 벌써 뛰어내린 건 아니겠지? 가까운 난간에 다가가 밑을 내려다보니 18층 높이만큼 멀어진 땅바닥이 아찔해 보였다. 거리의 전경도 눈에 들어왔다. 누군가 떨어졌다면 사람들이 몰려들고 비명이 난무할 텐데 지금은 조용했다.

혹시 녀석이 그냥 집에 들어갔나? 차라리 내가 헛고생하는 게 낫다. 솔직히 죽는 생각을 한 번도 안 해 본 사람이 얼마나 되겠는가. 녀석도 시험을 망치니 우울해서 그랬을 것이다. 나는 다시 밑으로 내려갈 생각을 했다.

그런데….

뒤돌아서자마자 저 멀리 옥상 난간에 걸터앉은 한 남자애가 눈에 들어왔다. 우리 학교 교복에 축 처진 어깨. 바로 상진이였다. 녀석은 가방과 신발을 난간 밑에 고이 두고 바깥쪽을 바라보며 위태롭게 앉아 있었다. 두 다리가 모두 허공에 떠 있어서 엉덩이에 조금만 힘을 주면 그대로 떨어질 것 같았다. 순간 내 눈에 불이 확 붙었다. 나는 곧장 맹렬히 돌진했다. 등지고 앉은 녀석은 나를 알아채지 못하는 것 같았다. 상진이가 뒤늦게 돌아봤지만, 내가 먼저 어깨를 잡아당겼다.

쿠당탕.

너무 세게 잡아당겼는지 녀석이 옥상 바닥을 굴렀다. 내가 간신히 머리와 어깨를 보호해 줬을 따름이었다. 마치 업어 치기를 먹인 형국이 돼 버렸다. 상진이는 옥상 바닥에 쭉 뻗은 채로 누워 있었다. 다만 영문을 모르겠다는 듯이 두 눈을 동그랗게 뜬 채였다.

"일어나, 새꺄!"

상진이의 손을 잡아당겼다. 녀석은 순순히 끌려 일어났다. 나는 녀석의 교복에 묻은 먼지를 털어 주며 물었다.

"너 방금 죽으려고 했지."

상진이의 얼굴은 복잡했다. 내가 어떻게 여기에 나타났는지 알 수 없다는 의구심, 자기 의지가 가볍게 꺾여 버린 좌절감, 흙먼지를 잔뜩 뒤집어쓰고 일어난 수치심이 뒤섞여 있었다.

"그냥… 하늘이 맑아서 올라온 건데. 평소에도 그래."

녀석이 변명 같은 소리를 했다. 굳이 지우개를 잡지 않아도 상진이가 거짓말하고 있다는 것쯤은 알 수 있었다.

"웃기네. 그런 녀석이 시험지도 몽땅 백지로 내냐?"

"그걸 어떻게 아는데?"

"뒤에서 걷을 때 봤다, 인마!"

나도 내가 가진 능력을 숨기려면 거짓말을 해야 했다. 상진이의 눈동자가 마구 흔들렸다. 녀석의 머리라면, 내가 모든 상황을 꿰뚫고 있다는 걸 눈치챘을 것이다. 더 이상 발뺌하기 어렵다는 것도 알았을 것이다.

나는 그런 상진이에게 한숨을 쉬었다.

"뭐가 그리 힘들어서 그러냐."

"…."

"부모님이 부담 많이 줘?"

몇 마디 물었을 뿐인데, 녀석의 눈이 붉어지더니 몽글몽글 눈물이 맺혔다. 그러곤 작은 몸집이 더 초라해 보일 만큼 목과 어깨를 움츠린 채 눈물을 계속 닦아 냈다. 마치 이럴 때 울면 안 된다고 교육 받은 듯했다. 녀석은 소리 내어 울지 않았다.

"미안…."

볼품없이 축축해진 목소리였다. 나한테 뭐가 미안하다는 건지. 주머니에 담배가 있으면 한 대 물고 싶은 심정이었다. 고개를 숙인 상진이는 감정을 너무 억누르는 느낌이었다.

"울고 싶으면 울어. 찔끔찔끔 그게 뭐냐."

그제야 상진이는 옥상 난간에 얼굴을 묻고 끅끅 울기 시작했다. 혼자 울게 놔두고 싶었지만, 내가 자리를 비우면 녀석이 다시 뛰어내릴지 몰라 어쩔 수 없이 지켜보고 있었다. 상진이의 등은 연신 들썩였고, 마치 질식이라도 할 것처럼 한참 흐느꼈다. 쌓인 것이 많은 모양이었다.

나는 누가 질질 짜는 걸 좋아하지 않는다. 게다가 다른 사람의 말을 들어 주는 건 더욱 쥐약이었다. 상진이에게 딱히 해 줄 게 없었다. 녀석이 울음을 그치고 진정하길 기다리는 게 고작이었다. 상진이는 그 자리에서 5분 넘게 울었다. 고개를 들었을 땐 난간이 녀석의 눈물 콧물로 흥건했다. 나는 딱 한마디 했다.

"이제 집에 가. 앞으론 쓸데없는 생각하지 말고."

상진이의 눈은 이미 퉁퉁 부어 볼썽사나워 보였다. 굳이 입 밖에 내지는 않았다. 그저 녀석이 유령처럼 집으로 걸어가는 뒷모습만 바라봤다. 상진이가 통로에서 완전히 사라진 걸 확인한 후에야 죽였던 숨을 쉴 수 있었다.

흥건한 땀을 말린 뒤에 내려가고 싶어 잠시 옥상에 머물렀다. 하늘을 올려다보니 비행선 모양의 구름이 빠르게 흘러가고 있었다. 넓고 하얀 구름에 상진이의 모습이 겹쳐 보였다.

'나 잘한 거 맞겠지?'

적어도 좋은 일을 한 거라 믿고 싶다. 그것도 능력을 활용해서 말이다. 내가 이러지 않았다면 상진이는 벌써 죽었을지도 모른다.

능력이란 이렇게 써야 하는 게 아닐까. 사람도 구하고 보람도 느끼고. 나는 아무도 없는 옥상에서 혼자 웃었다. 일부러 계속 웃었다. 맑고 투명한 하늘로 누군가 놓친 풍선 하나가 붕 떠오르고 있었다.

소연의 머리핀 2

중간 평가가 끝나고 이틀이 지났다. 그동안 교실의 공기는 묘하게 바뀌어 있었다. 상진이가 무려 세 과목이나 답안지를 백지로 냈다는 소문이 벌써 퍼진 까닭이었다. 상진이와 경쟁하던 몇몇 녀석들은 입이 귀에 걸린 듯했다. 우리에겐 그저 가십거리 정도였는데, 선생들은 그렇지 않은 모양이었다. 상진이가 백지로 낸 과목 선생마다 강한 의문을 제기했다. 그중엔 담임도 포함되어 있었다.

나는 요 며칠간 계속 상진이의 생각을 엿들었다. 혹시 또 극단적인 생각을 하는지 파악하기 위해서였다. 일단 상진이는 이리저리 불려 다니느라 정신이 없는 상태였다. 그리고 교실에 돌아오면 만사 귀찮은 듯 책상에 엎드려 있었다.

짜증 나. 그만 좀 불렀으면.

집에서 시달리는 것도 지겨운데.

녀석은 괴로움이 가득할 뿐, 죽을 생각은 없어 보였다. 그나마 다행이었다. 내가 구해 준 일이 전환점이 되었는지 상진이는 버티고 있었다.

나는 상진이가 마음먹으면 언제든 성적을 다시 올릴 수 있다는 걸 안다. 그러니 앞으로 분발해 주길 바라고 있다. 그래야 나도 덕을 볼 테니까.

나는 상진이와 정반대의 이유로 여러 선생에게 주목받았다. 성적이 하위권에서 중상위권으로 뛰었기 때문이다. 특히 나를 대하는 담임의 태도가 변했다. 요 며칠 칭찬도 많이 해 주고, 심부름도 맡길 정도였다. 성적이 올랐다고 대우가 달라지다니. 어른들의 세계는 알다가도 모르겠다.

금요일 오후에는 학급 대청소를 했는데, 담임이 나한테 칠판 정리를 시켰다. 생전 처음 해 보는 일이었다. 나는 지우개로 칠판을 다 지우고 걸레로 칠판 밑을 닦았다. 담임 옆에서 청소하고 있으려니 뭔가 어색했다.

"한상진, 이리 와 봐."

담임이 상진이를 불렀다. 지금껏 청소에 참여하지 않던 상진이가 부스스 일어나 교탁으로 향했다. 나는 호기심이 발동해 둘이 무슨 얘기를 하는지 엿들었다. 담임은 싸늘한 눈빛으로 상진이를 바라보고 있었다.

"대체 시험 마지막 날 무슨 일이 있었던 거야?"

"아무 일 없었다니까요."

"그게 말이 돼? 네가 한 번도 안 하던 짓을 했잖아. 무언가 이유가 있을 거 아냐. 이번에 반 평균이 확 떨어졌어."

담임도 참, 상진이의 마음을 열어야 할 판국에 너 때문에 반 평균 떨어졌다고 말해 버리면 어떡하나. 상진이 기분이 잘도 풀리겠다.

"선생님. 정말 아무 일도 없었고요. 제가 그날 컨디션이 너무 안 좋았어요. 피곤해서 잠깐 엎드렸는데 잠들어 버렸어요."

상진이의 대답은 다른 선생에게도 여러 번 했던 말이었다. 내가 다 외워서 읊을 지경이었다. 목소리엔 짜증이 배어 있었다.

그런데 바로 그 순간이었다.

아, 골치 아파. 요즘 좀 잠잠한가 싶더니 얘는 또 왜 이래. 한 놈이 조용하면 또 다른 애가 속 썩이고.

머릿속으로 울려 퍼진 목소리에 나는 깜짝 놀랐다. 지금 들려온 목소리는 다름 아닌 담임이었기 때문이다. 딱히 생각을 들으려 한 것도 아니었다. 살펴보니 우연히 내 손에 보드 마커가 하나 들려 있었는데, 평소에 담임이 자주 쓰던 것이었다. 청소하다 얼떨결에 담임의 물건을 입수한 셈이었다. 덕분에 나는 더욱 흥미진진하게 대화를 관전할 수 있었다.

"그래. 너도 속상했겠다. 혹시 공부하다 힘든 일이 생기면 선생님한테 말해 주렴. 언제든 도와줄게."

담임의 속생각은 전혀 달랐다.

요즘 아주 근무할 맛이 안 나. 올해 괜히 담임 맡았나 봐. 일도 많고 애들은 짜증 나게 굴고.

우리는 졸지에 담임을 귀찮게 하는 존재가 되어 있었다. 상진이가 고개를 숙여 인사하고 자리로 돌아갔다. 그와 동시에 담임이 내 쪽을 쳐다봤다.

"영우야 그만하면 됐고, 이제 마무리해."

"네."

동시에 담임의 생각이 머릿속으로 전해졌다.

김영우 쟤가 제일 골치야. 언제 어디서 사고 칠지 모르는 불량배. 다른 학교로 전학 안 가나? 성적도 운 좋게 올랐을 게 뻔해.

하, 이것 봐라. 나는 화가 났지만 겉으로 내색하지 않았다. 대신 담임의 보드 마커를 슬쩍한 채로 청소함에 정리하러 갔다. 나는 계속 담임 생각을 엿들었다.

어째 우리 반엔 이런 애들만 있을까.

빨리 탈출하고 싶다.

들으면 들을수록 화가 났다. 내가 지금까지 알고 지냈던 담임이 맞는 건가? 우리를 언제 말썽 부릴지 모르는 문제 덩어리로 취급하고 있었다. 특히 나를 말이다. 쉰대갈이 나를 눈엣가시처럼 대하는 건 당연했지만, 내가 마음에 들어 하던 담임이 이럴 줄은 몰랐다. 분노가 점차 배신감으로 바뀌었다.

“저기… 영우야.”

주먹을 불끈 쥐고 있던 때, 누군가 말을 걸어왔다. 목소리를 듣자마자 온몸이 감전된 기분이었다. 하이 톤이면서 살짝 코맹맹이 소리, 바로 소연이였기 때문이다. 나는 굳었던 인상을 펴고 그쪽을 바라봤다. 소연이가 활짝 웃고 있었다.

“청소함 정리하는 것 좀 도와줄래?”

반사적으로 얼른 고개를 끄덕였는데 머리가 핑핑 돌았다. 소연이가 나한테 말을 걸어 준 게 처음이었기 때문이다. 온몸이 터져 버릴 것 같았다. 방금까지 품었던 분노는 온데간데없었다. 담임이 뭐라고 생각하든 무슨 상관이란 말인가. 나는 지금 눈앞에 있는 사람을 기쁘게 하기 위해 전력을 쏟아야 했다.

“그래!”

너무 크게 말했나? 소연이가 까르르 웃었다. 그래도 나 때문에 웃는 게 어딘가. 소연이는 내가 쓴 것을 포함해서 교실에 널린 걸레를 모두 모아 달라고 부탁했다. 나는 쏜살같이 움직였다. 애들이 나를 이상한 눈으로 바라본다. 아무렴 어떤가! 난 지금 기분이 굉장히 좋다. 내 덕에 청소함 정리는 순식간에 끝났다. 소연이에게 고맙다는 인사를 받은 건 덤이었다. 휘파람이 절로 나왔다.

그대로 주말을 맞이한 것이 내게는 크나큰 시련이었다. 소연이가 날 어떻게 생각하는지 엿듣지 못한 것이다. 그걸 알아야 바로 고백할지, 점수를 더 딸지 전략을 세울 텐데. 일단 잊어 보려고 친구들과 신나게 놀았지만 집에 온 뒤로 소연이 생각이 멈출 줄 몰랐다.

딴 녀석이 아니라 내게 청소함 정리 부탁을 했다. 마음이 있으니 그러지 않았겠는가. 게다가 나를 보고 생글생글 웃기까지 했다. 이보다 확실한 시그널은 없을 것이다. 먼저 호감을 표현하긴 쑥스러우니 나더러 움직여 달라는 신호가 아닐까!

수업 시간에 소연이를 보면 마치 교실 전체가 흑백처럼 느껴지고 소연이만 컬러풀하게 보일 때가 있었다. 지금 내 머릿속이 그랬다. 모든 기억 속에 소연이만 또렷하고 나머지는 흐릿했다. 밥을 먹어도 샤워를 해도 계속 소연이만 떠올랐다. 내가 골키퍼로 활약할 때 소연이가 날 보고 어떤 생각이 든 걸까, 지난주에 간식 사 줬을 때 호감이 생긴 걸까, 아니면 이번에 내 성적이 올라서 그런 걸까.

끝도 없는 회상과 추측이 꼬리를 물었다. 그러다가 혹시나 하는 마음에 소연이의 프로필에도 들어가 봤다. 애니메이션 '토이 스토리'의 주인공 우디의 그림과 함께 대사 한 줄이 적혀 있었다.

함께 있는 동안에는 행복할 테니까.

나도 저거 봤는데, 어떤 장면에서 나온 대사였더라? 가물가물하다. 새삼 저 애니메이션이 위대해 보였다. 얘는 어째서 프로필에

자기 사진을 한 장도 안 올린 걸까. 아무리 찾아도 얼굴이 나오지 않아 아쉬웠다.

가만, 프로필의 저 문구! 왠지 그냥 올렸을 것 같지 않다. 나를 염두에 두고 올린 말 아닐까? 함께 있는 동안에는 행복할 거라니. 딱 봐도 남자 친구를 사귀고 싶다는 말이지 않은가. 지난번에 서준이를 격퇴한 후로 딱히 누가 소연이에게 들러붙지도 않았다. 그렇다면 역시 남은 사람은 나뿐이었다.

"흐흐흥."

저절로 육성 웃음이 나왔다. 삭막했던 학교생활이 핑크빛으로 물드는 기분이었다. 어디선가 달달한 음악이 흘러나오는 듯도 했다. 오랫동안 마음에 품었던 소연이와 커플이 된다니. 상상만 해도 흥분되는 일이었다. 난 기쁨을 표현하기 위해 주먹으로 매트리스를 마구 두들겼다. 투두두 요란한 소리가 울렸다. 나는 더욱 빠르게 쳤다. 아빠가 욕 날리기 전까지 말이다. 좀처럼 흥분이 가시질 않았다.

밤을 꼴딱 새우고 말았다. 동이 튼 뒤에야 잠들었는데 눈 떠 보니 이미 정오였다. 아빠는 어디론가 사라지고 없었으며, 휴대폰엔 메시지가 수십 개 와 있었다. 애들이 날 부르는 연락이었다. 오늘은 왠지 흥청망청하기 싫었다. 나는 내일 나간다고 둘러대며 알아서 놀라고 지시했다. 애들과 데면데면해진 게 느껴졌다.

오늘따라 입맛도 별로였다. 아직 정리되지 않은 생각 때문이었다. 엊저녁에 유튜브 검색을 해 봤다. 예컨대 '여자가 남자를 좋아할 때 보내는 신호', '여심을 사로잡는 법', '사랑에 빠진 여성의 말' 같은 것들이었다. 나는 스펀지처럼 이론과 지식을 빨아들였다. 태어나서 이렇게 열심히 공부해 본 적이 없을 정도였다. 무릎을 탁 칠 만한 대목도 있었고, 긴가민가한 것도 있었다.

많은 여성이 사랑에 빠지면 남자 주변을 끊임없이 서성거려요. 대신 무관심하거나 무뚝뚝한 척을 하지요. 당신이 먼저 말 걸어 주길 기다리는 거예요. 막상 대화했을 때 환하게 미소 짓거나 머리를 매만진다면 당신을 좋아하고 있을 확률이 90% 이상! 용기를 가지고 고백해 보는 것도 나쁘지 않아요. 단, 아무리 좋아도 한 번에 승낙하지 않을 수 있으니 미리 마음의 준비를 해야 한답니다.

천 건 이상 커플을 성사시켰다는 연애 상담사의 말이었는데 소연이를 대입하면 맞는 말이 꽤 있었다. 일단 같은 반이니 내 주변에 항상 있었고, 지금껏 나한테 무관심한 척한 것도 사실이었다. 그리고 어제 대화했을 때 미소를 띤 것도 내용과 일치했다. 소연이가 나를 좋아하는 게 정녕 사실이란 말인가!

그렇다면 망설일 필요가 없었다. 소연이의 생각을 엿듣지 않고 고백하는 게 찜찜하지만, 사람들 대부분은 특별한 능력이 없어도

얼마든지 사랑에 빠지지 않던가. 진심은 통하는 법이다. 영상에선
고백할 땐 직접 만나라 했지만, 토요일이라 딱히 소연이를 불러낼
구실이 없었다. 월요일까지 기다릴 인내심도 없다. 다른 친구들도
디엠이나 통화로 사귀자고 많이들 하므로 나도 그러기로 했다.

"스읍, 후우….."

소연이에게 보낼 말이 쉽게 떠오르지 않아서 화면을 들락날락
한 게 열 번은 넘은 듯했다. 소연이의 프로필 한 번 보고, 몇 글자
입력하고, 다시 사진을 보고, 글자를 지우고. 메시지 하나 보내는
데 10분 넘게 고민한 것도 처음이었다.

그러다 보낸 건 결국 두 글자였다.

뭐해?

좀 건방져 보이나? 어차피 내 이미지가 그러니 새삼 예의 차릴
필요는 없을 것이다. 나는 소연이가 바로 확인할 줄 알았다. 그런
데 이게 웬걸. 3분이 지나도, 5분 지나도 반응이 없었다. 그사이 화
장실도 다녀와 보고 평소 하던 팔 굽혀 펴기 3세트를 해 봐도 마찬
가지였다. 하, 뭐지 이건. 벌써부터 밀당인가?

답장은 20분쯤 뒤에야 왔다.

누구세요?

소연이 폰에 내 번호가 저장이 안 되어 있나 보다. 내가 '나 영우'라고 보냈더니 그제야 '안녕!'이란 답장이 왔다.

할 말이 있어서.

뭔데?

순간 고민이 되었다. 고백 전에 그간의 상황과 내 마음을 차근차근 얘기해야 할지, 아니면 거두절미하고 바로 본론에 들어갈지. 잠깐 사이에 온몸이 땀으로 흥건해졌다. 나는 손바닥을 바지에 쓱 문질렀다. 에라, 모르겠다. 내 스타일대로 가자.

우리 사귈래?

?

소연이는 문장 부호로만 반응했다. 나는 다시 확인 사살하듯 말했다.

사귀자고.

잉? ㅋㅋ 진심이야?

어 진짜.

일단 밀어붙였는데 소연이는 1분이 넘도록 답이 없었다. 이렇게 또 사람을 미치게 했다. 갑자기 전화를 받는 중인가? 아니면 친구 호출? 왜 답이 없지? 아니면 너무 설레서 말을 못 잇는 걸까?
소연이는 2분이 더 지나서야 답장을 보내왔다.

미안. 난 아직 연애 같은 거 할 생각 없어.

눈앞에 벼락이 떨어진 기분이었다. 고작 이런 답변이라니. 연애를 아예 할 마음이 없다는 건 무슨 소리인가. 지난주에 서준이가 고백했을 때 잔뜩 설레던 생각들을 내가 다 엿들었는데!
난 최대한 내색하지 않고 반응했다.

내가 맘에 안 드는 거?

아니야. 여유가 없어서 그래.

이럴 때 소연이의 생각을 엿들어야 하는데! 하필 메시지로 고백하는 바람에 이런 낭패를 겪다니. 저 말이 진심인지 확인하고 싶은 마음이 간절했지만 지금은 방법이 없었다. 어쩔 수 없이 대화를 마무리 지어야 했다.

이걸로 대화는 끝났다. 나는 진이 빠져 한동안 침대에 그대로 뻗어 있었다. 실망, 허무, 분노. 무엇으로도 설명 안 되는 감정이 머릿속을 마구 헤집고 다녔다. 분명히 소연이도 마음이 있는 것 같았는데, 뭐가 잘못된 거지? 휴대폰으로 아까의 동영상을 다시 찾아 재생했다. 마지막쯤에, 여자는 아무리 좋아도 한 번에 승낙하지 않을 수 있다는 말이 귀에 들어왔다. 어쩌면 소연이도….

마음을 추스르기가 힘들었다. 일단은 월요일이 되어 소연이의 마음을 들어 보기 전까지 이 일은 잊어야 했다. 나는 곧바로 단톡에 들어가 친구와 후배들에게 소재를 물었다. 애들은 당구장에 있다고 했다. 일단 가서 실컷 놀아야겠다. 기분 전환이 시급하다. 방구석에 있으니 너무 답답했다.

준혁의 라이터 2

저녁 바람이 생각보다 싸늘했다. 며칠만 지나면 5월인데 날씨가 아직도 이 모양이다. 트레이닝복의 지퍼를 끝까지 올렸다. 당구장에 빨리 도착하고 싶은 조바심 때문에 가는 길이 길게 느껴졌다. 네온사인과 자동차 불빛이 어지럽게 움직였다.

이미 라면을 먹었지만, 애들이 아직 저녁을 안 먹었다면 한턱낼 용의가 있었다. 준혁이 일 이후로 녀석들에게 소홀했던 게 미안해서다. 당구장이면 뭐니 뭐니 해도 짜장면이다. 근처에 싸고 맛있는 집을 알고 있다. 면발을 흡입하며 당구도 즐기고 이런저런 대화를 나누다 보면 꿀꿀한 기분 따위 금방 날릴 수 있다.

당구장 문을 여니 애들이 곧장 손을 흔들거나 꾸벅 인사했다. 그런데 녀석들의 얼굴이 조금 이상했다. 뭔가 쭈뼛거리며 눈치를 보고 있었기 때문이다.

"왜 그래. 뭔 일 있어?"

다시 정적이 흘렀다. 그나마 지석이가 조심스럽게 입을 열었다.

"그게 사실은…."

"뭔데?"

지석이가 망설일 정도면 뭔 일이 생긴 게 틀림없다. 나는 눈빛으로 재촉했다.

"준혁이도 보자고 방금 연락이 와서…."

"뭐? 오준혁이?"

타이밍 참. 준혁이도 우리 패거리다 보니 내가 없을 때 다른 친구들과 만나는 게 이상한 일은 아니었다. 다만, 이 녀석들은 준혁이가 나한테 어떤 마음을 품었었는지 모른다. 이건 설명할 수조차 없었다.

"보면 되잖아. 뭐가 문젠데?"

공격적인 말투에 아무도 대답을 못 했다. 이미 소연이 일로 기분이 안 좋은 터라 말이 자꾸 거칠게 나갔다.

"보면 되지 뭐가 문제냐고!"

다들 묵묵부답이었다. 지석이만 다시 입을 열었다.

"지난번에 너랑 일도 있고 해서, 우리 입장이 좀 애매하잖아."

나는 코웃음을 쳤다.

"그래서. 나더러 알아서 빠지라고?"

"아니, 그게 아니라…."

"그게 그 소리지 뭐야 새꺄!"

나는 지석이의 머리를 확 밀쳤다. 녀석은 크게 휘청거렸고, 후배들이 붙잡아 주어 넘어지진 않았다. 지석이는 그래도 지석이답게 할 말을 했다.

"너도 이참에 준혁이랑 푸는 게 어떻겠냐는 거지. 네가 아량을 베풀어야 우리도 숨 좀 트일 것 아니냐."

결코 물러서는 말투가 아니었다. 작심하고 내뱉는 발언이었다. 설령 내가 주먹을 날린다 해도 꼿꼿이 선 채 맞을 정도였다. 그게 지석이의 장점이기도 했다. 오히려 지석이의 그런 태도가 나를 진정시켰다.

"일리는 있네. 단, 준혁이가 어떻게 나오는지 보고."

그제야 후배들도 고개를 들었다. 이미 더 이상 당구를 칠 분위기는 아니었다. 저녁 먹었냐고 물었더니 다들 멋쩍게 끄덕였다. 뒤늦게 옆에 쌓인 짜장면 그릇이 눈에 들어왔다. 고등학생으로 보이는 네 명이 아까부터 시끄럽게 소리친 나를 노려보고 있었다. 불만이 있으면 직접 와서 주먹으로 말하란 말이다. 어차피 덤빌 깡도 없는 새끼들이.

나는 간만에 무리를 이끌었다. 내가 먼저 검은 마스크를 썼고, 친구들이 뒤따라 했다. 사람들이 우리를 슬금슬금 피하는 모습이 볼만했다. 우리는 준혁이가 불러낸 장소인 놀이터로 향했다. 지난주에 내가 준혁이를 쫓아낸 곳이기도 했다. 하필이면 왜 거기일까.

놀이터에 도착할 즈음에는 멀찍이 떨어져 걸었다. 준혁이에게 내 모습을 보이고 싶지 않아서였다. 우선 녀석이 어떻게 나오는지 살펴보고 지석이를 통해 내가 왔다는 사실을 알릴 계획이었다. 그때 준혁이 얼굴이 어떻게 변하는지가 관건이었다. 밤공기는 아까보다 더욱 싸늘해졌고, 우리는 제각기 팔짱을 긴 채로 걸었다. 바람이 쌩 불어올 때 춥다고 욕하는 녀석도 있었다.

도착해 보니 준혁이는 아직 나오지 않았다. 나를 빼면 자기 서열이 가장 높다고 생각해서 일부러 늦는 것일 테지. 나는 놀이터에서 멀찍이 떨어진 난간에 걸터앉아 담배를 물었다. 조작에 익숙지 않아 한 번에 불이 안 켜지는 라이터는 다름 아닌 준혁이 것이었다. 나는 녀석이 나타나길 기다렸다.

"여어, 다들 왔냐."

5분쯤 지나서야 준혁이가 나타났다. 녀석은 혼자가 아니었다. 뒤에 네댓 명쯤을 이끌고 왔다. 자세히 살펴보니 준혁이가 리더는 아닌 모양이었다. 바로 뒤에 고개를 삐딱하게 젖히며 거드름을 피우는 덩치가 보였다. 처음 보는 얼굴이었다.

밤이라 대화 소리가 잘 들렸다. 먼저 말을 꺼낸 건 지석이었다.

"준혁아, 요새 안 보이더니 친구 좀 사귀었나 보네."

지석이는 웃었지만 준혁이는 웃지 않았다. 오히려 조금 긴장한 기색이었다. 잠시 정적이 흐른 뒤에 준혁이가 말했다.

"내가 너희를 격하게 아끼잖아. 오늘 중요한 얘기가 있어서 불렀다."

말과 표정이 따로따로였다. 지석이를 비롯한 친구와 후배들도 이상함을 느꼈는지 아무 대답이 없었다. 나는 라이터를 쥔 채로 녀석을 바라봤다.

시간 없으니 바로 본론으로.

준혁이는 결의에 차 있었다.

"너희를 여기로 부른 건 사실 내가 아니라 이 형이야."

형이라 불린 남자가 준혁이 옆에 섰다. 키가 큰 편인 준혁이보다도 한 뼘은 더 커 보였다. 덩치까지 좋으니 아마 100킬로가 넘으려나? 위압적인 풍채에 지석이 무리가 졸아든 게 눈에 보였다. 준혁이가 의기양양한 목소리로 소개했다.

"지지난주에 전학 온 형인데, 풍기 형은…."

바로 말로만 듣던 풍기라는 녀석이었다. 준혁이는 나한테 했던 애길 늘어놓았다. 전에 다니던 학교에서는 2학년 때부터 짱이었다는 둥, 인근 학교마저 접수할 만큼 공포의 존재였다는 둥. 나한테 말해 줬을 때는 경계의 말투였다면, 지금은 자랑하고 있다는 점이 달랐다.

"잠깐, 그러면 영우랑 이 형이 친구가 된다는 얘기야?"

지석이가 말을 끊었다. 그러자 잠시 정적이 흘렀고, 풍기부터 시작해서 뒤에 있던 녀석들까지 크게 웃어 댔다. 내가 들어도 방금 지석이의 말은 웃길 따름이었다. 한 학교에 짱이 두 명일 수가 있겠나. 눈치하고는….

"영우의 시대는 이제 갔어."

준혁이가 다시 모두의 시선을 끌었다. 아까부터 녀석의 생각을 엿듣고 있던 터라 무슨 말을 할지 나는 이미 알고 있었다. 그저 숨은 채로 상황을 계속 살폈다.

"우리 학교에 진짜 강자가 없었을 뿐이지. 솔직히 영우 개는 짱의 그릇이 아니야. 요즘 너희들을 잘 안 챙긴다며?"

그 말에 후배 몇 놈이 수런거렸다. 후배들이야 친구라기보단 자기들 뒤를 돌봐 주는 나를 추종하는 무리에 불과했다. 이놈들은 더 센 강자가 있단 말을 들으면 혹할 수밖에 없다.

준혁이의 말에 지석이가 맞섰다.

"그래도 이건 아니지. 어떻게 우리더러 배신을 하라고 하냐."

"이게 왜 배신이야. 너희가 태어날 때부터 영우 졸개였냐? 이제 그 녀석이 너희 지켜 주지도 못해. 아직 상황 파악 안 돼?"

준혁이의 기세가 무리를 짓눌렀다. 한때 단짝이었던 녀석이 내 가슴을 후벼 파고 있었다. 후배들이 동요하는 기색은 점점 더 커졌다. 지석이는 끝까지 맞섰다.

"오준혁, 너한테 실망이다."

그때였다. 갑자기 큰 덩치가 돌진하더니 지석이 얼굴에 해머 같은 주먹을 날렸다. 그걸 맞고 날아간 지석이는 마치 트럭에라도 치인 모양새였다. 압도적인 광경에 모두 그대로 얼어 버렸다. 준혁이 뒤에 있는 녀석들만 환호할 뿐이었다. 보기 좋게 한 방 먹인 풍기가 주먹을 빙빙 돌리며 지껄였다.

"뭐 그리 말이 많아. 말이 안 통하면 접수해 버리면 될 거 아냐. 답답한 새꺄."

준혁이에게 하는 말이었다. 풍기가 "야, 쳐!"라고 소리침과 동시에 결국 패싸움이 벌어졌다. 시작하자마자 풍기 녀석이 후배들을 불도저처럼 밀어 버리고 있었다. 더는 보고만 있을 수 없어 벌떡 일어섰다. 그리고 풍기의 뒤쪽으로 소리 없이 달려갔다. 사실은 아까부터 이런 상황이 오길 기다렸다.

빡!

붕 뛰어올라 풍기의 목덜미를 옆 차기로 가격했다. 풍기의 키가 컸던 탓에 등 쪽을 때렸고, 그 바람에 녀석은 납작 엎드리듯 앞으로 고꾸라졌다. 아까웠다. 목덜미를 제대로 찼으면 바로 기절인데.

"너 이 새끼, 뭐냐?"

예상대로 풍기는 아무렇지 않다는 듯 일어섰다. 주변을 보니 준혁이와 지석이가 맞붙었고, 후배들도 저쪽 패거리와 한창 어울리고 있었다. 나랑 풍기의 단독 싸움을 방해할 놈은 없었다. 풍기가 또 지껄였다.

"씨벌, 네가 김영우지? 짱이란 새끼가 뒤치기부터 하냐?"

"준비 안 된 애한테 선빵 갈기는 놈보단 낫지."

놈이 손가락을 까딱였다.

“와 봐. 오라고! 왜, 보고 있으니 못 덤비겠냐? 이 뒤치기 전문 새끼야.”

난 녀석의 도발에 순순히 응했다. 뒤치기 전문이 아니라 때려눕히기 전문이란 걸 증명할 필요가 있었다. 스텝을 밟고 목덜미를 노릴 듯이 발을 들어 올리자 풍기가 팔로 막았다. 나는 그 순간을 놓치지 않고 카프 킥으로 녀석의 종아리를 걸어찼다. 살과 뼈가 부딪혀 내는 둔탁한 소리가 울려 퍼졌다.

“아 따거! 씨벌, 킥복싱 좀 했다 이거지?”

한 번에 알아보다니 확실히 관록이 있는 녀석이었다. 보통 내 카프 킥을 맞으면 십중팔구는 다리를 부여잡고 쓰러진다. 풍기 이 녀석은 맷집이 좋든지 근성이 있든지 둘 중 하나였다. 녀석이 성큼성큼 다가와 내 멱살을 잡으려 했다. 내가 옆으로 피하며 미들 킥을 날렸더니, 풍기가 막기는커녕 공격하는 내 다리를 팔로 휘감았다. 옆구리를 내주는 대신 나를 꼼짝 못 하게 하려는 심산이었다. 빨리 거둬들여 잡히진 않았지만 모골이 송연해지는 순간이었다. 녀석도 유도 비슷한 걸 연마한 모양이다. 풍기가 씩 웃었다.

“발밖에 쓸 줄 모르냐? 팔 병신아?”

녀석은 싸움 도중에 끊임없이 도발하는 스타일이었다. 일종의 정신적인 허세였다. 이런 녀석을 상대로 싸움을 오래 끌어 봐야 기분만 더러울 게 분명했다. 가급적 빨리 끝내기 위해 나도 풍기에게 성큼성큼 걸어갔다. 일부러 녀석과 간격을 좁혔다. 이제 손을 뻗으면 서로 닿을 정도였다.

"뭐여, 포기냐?"

그러면서 풍기가 내 멱살을 잡으려 했다. 난 재빨리 몸을 숙여 피한 다음, 녀석의 턱에 어퍼컷을 날렸다. 이번에는 충격이 있었던 모양인지 풍기가 비틀거렸다. 나는 녀석의 말을 되갚아 줬다.

"팔도 쓸 줄 안다, 병신아."

그와 동시에 풍기가 괴성을 지르며 달려들었다. 막무가내로 덤벼 오는 것 같았지만 보기보다 빈틈이 없었다. 한 번 잡히면 끝장이다. 기세에 밀려 일단 피했다가 녀석이 뒤를 보인 틈을 타 발차기를 날렸다. 엉덩이를 맞은 풍기가 또 비틀거렸다. 마치 투우사가 되어 황소를 상대하는 기분이었다. 녀석이 벌레에 물린 것처럼 엉덩이를 긁는 시늉을 했다. 내가 먹인 공격이 하나도 안 아프다는 뜻이었다. 나는 온몸의 무게를 실어 펀치를 날렸다.

텁.

아뿔싸, 복부를 가격해 주먹이 멈춘 순간에 녀석이 내 왼손을 잡아 버렸다. 풍기가 이제 찬스가 왔다는 듯 음흉하게 웃었다. 그러고는 내 팔을 확 끌어당겨 넘어뜨렸다. 내 주먹을 맞고도 멀쩡한 건가?

나는 넘어진 와중에도 풍기에게 팔이 붙들려 있었다. 녀석은 날 있는 대로 짓밟고 걷어찼다. 몇 대나 맞았을까, 눈앞이 번쩍하는 순간에도 발을 디뎌 벌떡 일어났다. 그리고 같이 주먹을 날리기 시작했다. 서로 한 팔이 휘감긴 채로 다른 주먹으로만 상대를 치는 무방비 상태였다. 얼굴을 몇 대 맞았더니 아찔하고 어지러웠다. 풍기의 주먹은 날카롭지는 않으나 묵직했다. 더 맞으면 못 버틸 것 같아서 내가 먼저 놈의 가슴팍에 부딪혀 같이 넘어졌다. 그러고는 서로 위를 차지하려고 엎치락뒤치락하니 그야말로 개싸움이 돼 버렸다.

"풍기 형!"

내가 위를 차지하고서 풍기 얼굴에 주먹을 마구 내리꽂았더니 준혁이의 목소리가 들려왔다. 아마도 지석이를 내버려두고 달려오는 모양이었다. 풍기는 팔을 들어 올려 간신히 머리만 막았다. 기세를 잡았을 때 못 끝내면 오히려 내가 쓰러질 수 있기에 나는 계속 주먹을 내리쳤다. 잠시 뒤, 등에 둔탁한 충격이 전해졌다.

"비켜, 새끼야!"

준혁이가 등과 허리를 연신 걷어찼다. 지금껏 오른팔이었던 녀석이 내게 치명타를 가하고 있었다. 그 와중에도 나는 풍기의 얼굴만 공격했다. 준혁이가 나를, 내가 풍기를 마구 패는 상황이었다. 먼저 쓰러지는 놈이 지는 치킨 게임이었다.

내가 얻어맞는 동시에 때리는 상황은 계속되었고, 한참 지나 지석이 무리가 달려와 준혁이를 떼어 놓은 다음에야 싸움이 그쳤다. 풍기는 이미 가드가 풀린 채 쓰러져 있었다. 떨거지들이 전의를 상실하고 도망치기 시작했는데 기운이 없어 차마 붙잡지 못했다. 놀이터에는 우리 쪽 무리와 쓰러진 풍기 그리고 준혁이만 남았다. 나는 입가의 피를 쓱 닦으며 웃어 보였다.

"오준혁, 뒤에서 패니까 기분 좋냐?"

준혁이는 내 기세에 눌려 주춤주춤 물러났다. 아마도 나를 이렇게까지 때려 본 게 처음이었으니 이젠 죽은 목숨이라고 생각할 것이다. 내 추측이 맞는지 살펴보려고 녀석의 라이터를 쥐었다.

이렇게까지 센 놈이 아닌데.

풍기 형이 질 리가 없어!

녀석은 현실을 부정하고 있었다. 의외로 자기 안위는 안중에도 없었다. 분명한 건 내가 풍기보다 하드웨어가 딸려 고생했다는 것이고, 다음에 다시 붙으면 이길 거란 보장이 없다는 점이었다. 그래도 나는 한껏 허세를 부렸다.

"어떡하냐. 썩은 동아줄이었네."

이미 우리 패거리가 준혁이를 둘러쌌기에 녀석은 도망칠 수도 없는 상황이었다. 친구와 후배들 모습은 정말로 거지 같았다. 머리는 헝클어졌으며 얼굴의 핏자국 위로 모래 먼지가 다닥다닥 붙어 있었다. 옷이 뜯어지고 신발이 한 짝 없는 놈도 보였다. 진지해야 하는데 순간 픽 웃고 말았다. 동시에 주변을 맴돌던 긴장감이 조금 걷혔다. 나는 의기양양하게 말했다.

"오준혁, 지금 존나 쪽팔리지?"

"…"

"너니까 한 번 봐준다. 이제 정신 차려."

녀석이 잘못을 빌고 다시 내 밑으로 들어오길 바랐다. 적어도 지금은 진심이었다. 하지만 준혁이의 목소리는 날카로웠다.

"싫어, 미친 새꺄. 너 같은 또라이한테 왜 붙어. 내가 아무 말도 안 했는데 개 패듯 팬 새끼가 너잖아!"

그 말에 애들도 모두 동조하는 눈빛이었다. 그날 나는 오로지 준혁이의 속생각만 엿듣고서 녀석을 때렸고, 나머지 녀석은 모두 말렸었다. 내가 사이코 같아 보였어도 할 말 없었다. 갑자기 기분이 나빠졌다.

"마지막으로 기회 줘도 이 지랄이지. 뒈질래?"

"그냥 끝내."

죽었다 깨어나도 네 밑엔 안 들어가.

이 정도면 준혁이가 단단히 각오한 셈이었다. 내 경험상, 이럴 땐 상대를 아무리 두들겨 패도 후련하지 않다. 어릴 적부터 친구이자 오른팔이었던 놈을 손보는 것도 껄끄러웠다. 나는 허공에 대고 한숨을 푹 쉬었다.

"야, 보내 줘라."

후배들이 주춤거리다가 길을 터 줬다. 준혁이는 저만치에 누워 있던 풍기를 일으켜 부축하고는 놀이터를 빠져나갔다. 패배와 모멸감에 절은 풍기의 신음이 허공을 떠돌았다. 우리는 녀석들이 사라지는 모습을 가만히 지켜만 봤다.

“영우야, 괜찮냐?”

오른쪽 눈에 피멍이 든 지석이가 물었다. 나는 말없이 고개만 끄덕였다. 주변으로 찬바람이 불어왔다. 살이 아니라 뼈가 시린 바람이었다. 싸움은 이겼는데, 이상하게도 상실감만 가득했다.

쉰대갈의 연습장

안 좋은 느낌은 그대로 이어졌다.

월요일 아침에 등교하자마자 소연이 얼굴도 못 본 채 교무실로 불려 갔다. 풍기 패거리 중 한 녀석이 학교에 신고한 모양이었다. 쉰대갈이 잔뜩 벼르는 얼굴로 기다리고 있었고, 나는 숙적이라도 만난 듯이 마주 봤다. 교무실엔 화분이 많았지만 공기는 언제나 답답할 따름이었다.

"김영우, 여기 앉아."

나만 신고당한 건지 모르겠으나, 지금 교무실에 학생이라곤 나뿐이었다. 따로 부른 것도 뭔가 꿍꿍이가 있어 보였다. 쉰대갈이 벌이는 어떤 짓도 마음에 들지 않는다. 역시나 나를 앉히더니 따분한 심문과 협박을 늘어놓았다. 왜 싸움을 벌였는지부터 캐묻기 시작해, 아직 부모님들이 몰라서 그렇지 중징계감이라거나, 사태가 커지면 학폭위에 정식 회부되어 절차대로 가야 한다고 겁박하는 식이었다. 예상대로 이미 나는 가해자였다. 나는 이럴 때 억울하다 며 변명하는 짓 따위 하지 않는다.

"그럼 절차대로 가시죠."

쉰대갈이 눈을 부릅뜨고 노려보았다. 아빠의 송곳 같은 눈빛에 단련되어 그런지 하나도 위협적이지 않았다. 게다가 나를 팰 것도 아니지 않은가. 무서울 게 하나도 없는데 무섭게 구는 어른이란 그 저 꼴불견이었다. 내가 눈을 내리깔아야 할 이유는 없었다. 나는 한 방 더 먹였다.

"그래서 어쩌라고요?"

뻣뻣하게 물었더니 도리어 할 말을 잃은 모양새였다. 이건 쉰대 갈이 수학 시간에 나를 여러 번 창피하게 만든 것에 대한 보복이 기도 했다.

"이 새끼가… 반성의 기미가 전혀 없어!"

나는 이제 쉰대갈의 수가 뻔히 보이는데, 어째서 쉰대갈은 한결 같은지 모르겠다. 학습 능력이 떨어지나? 설마 학교 선생인데? 매 번 저렇게 열받고 에너지 소모하면 선생 노릇 하기도 참 피곤하겠 다. 내가 계속 될 대로 되란 식으로 버티자 쉰대갈은 무언가를 찾 기 시작했다. 서류 더미를 들추고 책장 사이사이를 살펴보는 게 초 조한 기색이었다. 그러고는 혼자 중얼거렸다.

"이놈의 진술서는 찾을 때마다 없어."

아하, 진술서. 교무실에 불려 올 때마다 형식적으로 작성하는 것이었다. 초등학생 시절에 자주 쓰던 반성문과 다를 게 없는 유치한 종이 쪼가리였다. 육하원칙으로 적는 사건 항목, 내 의견을 적는 진술 항목, 앞으로의 다짐을 적는 성찰 항목으로 이루어져 있었다. 하도 많이 적다 보니 순서를 다 외웠다. 대체 이런 건 왜 쓰라고 하는 걸까. 일종의 고문인가?

쉰대갈은 진술서 양식 찾기를 포기했는지 프린터 용지함을 열었다. 그런데 마침 용지함의 종이도 떨어져 있었다. 낭패를 겪는 쉰대갈을 보는 것도 쏠쏠한 재미였다. 결국 쉰대갈은 책 더미에 묻혀 있던 자신의 연습장을 꺼냈다. 표지를 보니 수학 문제 풀이를 휘갈겨 쓰는 무제 연습장이었다. 쉰대갈이 내가 알고 있던 진술서의 항목을 볼펜으로 꾹꾹 눌러 썼다. 그러고는 연습장을 건넸다.

"여기에 꽉꽉 채워 적어. 줄 간격 촘촘히, 글자는 새끼손톱보다 작게, 이상."

한껏 으름장을 놓고는 모니터 화면을 켜고 업무를 보는 쉰대갈이었다. 그 옆에서 인적 사항부터 적으려니 침묵만 흐르는 교무실 분위기가 갑갑했다. 나는 어떻게 하면 첫 문장부터 골탕 먹일까 고민하다 쉰대갈을 바라봤다.

그때, 어떤 소리가 들리기 시작했다.

이놈 이거, 언제 사람 되지.

진짜 말세다, 말세.

다름 아닌 쉰대갈의 생각이었다. 연습장이 매개체가 된 모양이었다. 그럼 그렇지. 쉰대갈은 업무하는 척하면서 딴생각을 하고 있었다. 대개는 한탄이었다. 작년부터 내가 쉰대갈에게 스트레스를 많이 주긴 했다. 아마 수명을 5년쯤 줄여 놓지 않았을까. 그때, 쉰대갈이 고개를 돌렸다.

"뭘 봐, 인마."

나는 아무 일 없다는 듯이 연습장으로 시선을 회피했다. 쉰대갈의 생각을 들을 수 있다는 걸 깨달은 뒤부터 진술서는 더 이상 관심 대상이 아니었다. 나는 곁눈질로 쉰대갈을 계속 흘끔흘끔 바라보았다. 옆에서 본 쉰대갈은 이마에 머리숱이 없어 그런지 더욱 늙어 보였다.

영우 이놈, 이번에도 학폭위 가면 무조건 강제 전학인데.

'뭐라고?'

나는 하마터면 육성으로 내뱉을 뻔했다. 강제 전학이라니. 다른 징계는 몰라도 그건 매우 달갑지 않은 일이었다. 졸업이 얼마 안 남았는데 지금까지 지켜온 짱의 자리와 친구들을 버리고 갈 순 없지 않은가. 침이 꼴깍 넘어갔다. 쉰대갈의 생각은 계속 이어졌다.

이젠 한계야. 내가 이놈 강제 전학을 막으려고 무리한 게 몇 번인데. 교육청 학폭 위원들이 이젠 가만 안 둘 거야.

놀라움의 연속이었다. 쉰대갈이 그동안 내가 강제 전학 조치되는 걸 막아 줬다니. 항상 날 잡아먹지 못해 안달 난 사람 아니었던가.

이 녀석을 다른 학교로 떠미는 건 좀 그래. 이 못난 놈, 어떻게든 사람으로 만들고 싶었는데.

나는 멋쩍은 나머지 헛기침을 했다. 쉰대갈은 잠시 날 살피더니 다시 업무에 집중하는 척했다. 내가 지금 자기 생각을 다 듣고 있다는 걸 상상도 못 할 것이다.

그저 꼬장꼬장한 인간인 줄로만 알았는데 의외였다. 이런 유치한 면이 있었다니. 그래서 교실에 들어오면 내 이름을 불러 대고, 가만히 있는 나한테 발표를 시킨 건가. 그게 당신의 관심 표현이었다는 거지. 내가 얼마나 진절머리 쳤는데.

쉰대갈은 정말 매력이라곤 눈곱만치도 없는 사람이었다. 나한테 이런 생각을 품고 있으면서 어쩜 그렇게 얄미운 짓만 골라서 한단 말인가. 나를 한 번이라도 살갑게 타일러 줬더라면, 화부터 앞세우지 말고 침착한 말투로 대해 줬더라면.

쉽게 판단하지 못할 생각들이 자꾸 머릿속에서 맴돌았다. 몰랐던 사실을 알아 버려 혼란스러웠다. 그렇다고 감동하며 눈물을 질질 흘릴 상황도 아니었다. 쉰대갈이 내게 직접 말해 준 것도 아니지 않은가. 나는 어찌해야 할지 몰라 잠시 침묵을 지켰다. 그러자 쉰대갈이 책상을 탕탕 두들겼다.

"얌마, 진술서 쓰랬지 멍 때리랬냐. 9시까지 못 쓰면 점심시간에 또 튀어 온다."

말 참 밉게 한다. 생각을 엿듣지 않았다면 나는 분명히 뻣뻣하게 맞섰을 것이다. 나는 연습장과 쉰대갈을 번갈아 보았다. 희한하게도 진술서가 더 이상 고문 도구로 느껴지지 않았다. 나는 쉰대갈에게 처음으로 진짜 궁금한 걸 물었다.

"이런 건 왜 쓰는 거예요?"

"왜 쓰긴, 인마. 일단 반성 여부를 보는 거고, 나중에 일이 커지면 참고 자료가 되기도 하는 거지."

일이 커진다는 것은 학폭위로 가는 상황을 말하는 것이다. 거기서 참고 자료로 쓰인다면 보통 일이 아니었다. 나도 모르게 목소리가 까칠하게 나갔다.

"예전엔 그런 말 안 했잖아요."

"뭘 얘기하면 네가 들어 처먹긴 했냐? 그리고 그런 거 알아서 뭐 하게? 잔말 말고 사실대로 쓰기나 해."

기분 나쁘게 들렸지만 틀린 말은 없었다. 사람 성질만 긁지 않는다면 쉰대갈을 조금이나마 존경할 수 있을지도 모르는데. 나는 대답 대신 볼펜을 들었다. 그리고 진술서의 항목에 따라 내용을 적기 시작했다. 내가 풍기를 때린 건 맞으나 풍기가 먼저 우리 일행을 폭행한 점, 어쨌든 폭력을 저질렀으니 반성한다는 점, 다음부터는 상대가 먼저 시비를 걸어도 참겠다는 내용을 빽빽이 써 내려갔다. 봇물 터지듯 쓰는 내 모습을 쉰대갈이 흘끗 바라볼 정도였다.

딱히 마음에 들지는 않지만, 그래도 쉰대갈이 신뢰할 만한 사람이라는 건 알겠다. 이런 어른이 있다는 걸 느껴 본 게 얼마 만인가.

나는 정말 새끼손톱만 한 글자로 한쪽을 꽉 채워 쉰대갈에게 건넸
다. 쉰대갈은 처음으로 비웃음 섞이지 않은 미소를 지었다. 교무실
을 나서는 기분이 홀가분했다.

교실엔 이미 학생들이 가지런히 앉아 있었다. 시계는 8시 57분
을 가리켰고, 살짝 금 간 벽이 오늘따라 흉해 보였다. 나랑 눈을 마
주친 녀석들이 황급히 시선을 돌렸다. 담임은 이미 출석을 부르는
중이었고, 벌써 끝 번호까지 거의 다 부른 상황이었다. 내 차례가
지났기에 친구들이 담임에게 말했다.

"선생님, 영우 왔어요."

담임이 잠시 입술을 앙다문 채로 날 바라봤다. 그러더니 이내
온화한 표정으로 부드러운 목소리를 냈다.

"왔구나. 주말에 일이 좀 있었다며?"

"네."

난 퉁명스럽게 대답했다. 주변을 보니 소문이 돌대로 돌아 내가
풍기와 붙었다는 사실이 학교에 퍼진 모양이었다. 담임은 점잔을
빼며 타이르듯 말했다.

"너희 나이 때는 힘을 과시하고 싶기도 하지. 이해는 되는데, 그
래도 학교생활을 위해 조심하면 좋겠어."

나한테 말한 건데 다른 녀석들이 고개를 끄덕였다. 예전의 나라
면 이렇게 설렁설렁 넘어가 주는 담임에게 고마워했을 것이다. 하

지만 지금 내 주머니엔 담임의 보드 마커가 들어 있었다. 나는 그걸 쥔 채로 담임을 바라보았다.

저 꼴통, 조용한 날이 없어. 또 귀찮아지겠네.

똥 밟았다 생각해야지. 올해가 빨리 지나갔으면.

이게 담임의 본심이었다. 지난번에 한 번 겪은 일이기에 그리 충격적이진 않았다. 대신 속 깊은 곳에서부터 분노가 치밀었다. 왠지 지금까지 속고 살아온 기분이었다. 나는 자리에 앉지 않았다.

"선생님."

"왜?"

"속상하지 않으세요?"

"뭐가?"

담임은 마음을 꼭꼭 숨기고 있었다. 나는 시치미를 떼는 담임에게 돌직구를 제대로 날리기로 작정했다.

"기분 나쁘면 말하세요. 속으로만 욕하지 마시고."

"너 무슨 소리야, 아침부터."

교실 분위기가 급속히 얼어붙었다. 친구들은 대부분 움츠러든 채로 담임과 나를 바라보고 있었다. 담임이 드디어 방어적인 자세로 나왔다.

"뭘 잘했다고 큰소리니. 말버릇은 그게 뭐고. 일 저지르고 왔으면 반성을 해야지 어디서 건방지게 굴어."

이상하다. 쟤 갑자기 왜 저래?

내가 뭘 잘못 말했나?

담임은 사실 내 눈치를 보고 있었다. 자기중심적인 담임은 내가 덤비는 것조차 성가신 일일 뿐이었다. 그런 생각이 들려올수록 오기가 생겼다. 자꾸만 더 성가시게 해 주고 싶었다.

"저 때문에 조용한 날이 없으시죠?"

담임의 눈빛이 잠깐 흠칫했으나 아무 말이 없었다.

"똥 밟으셨잖아요. 올해가 빨리 지나갔으면 하실 텐데."

교실이 수런거리기 시작했고, 담임은 딱 정곡을 찔린 표정이었다. 그래도 능숙한 담임은 얼굴빛을 다시 바꾸기까지 5초도 걸리지 않았다.

"너 잠깐 복도로 나와."

그러고는 먼저 복도로 성큼성큼 걸어 나갔다. 학생들 앞에서 망신당하지 않으려면 이러는 게 현명하다는 걸 담임은 본능적으로 아는 듯했다. 나도 주머니에 손을 푹 찔러 넣은 채 뒷문으로 향했다. 문을 닫을 때쯤엔 교실 전체가 왁자지껄해졌다.

담임은 창가 쪽에 서서 팔짱을 끼고 있었다.

"시간 없으니 짧게 말해. 오늘 대체 왜 이래?"

복도 이쪽저쪽에는 벌써 첫 수업을 들어가는 선생들이 보였다. 나한테 신경 쓸 여유도 없는 담임에겐 간단명료하게 말할 수밖에 없었다.

"좀 솔직해지시라고요."

"대체 뭘!"

"화가 나면 화가 난다, 짜증 나면 짜증 난다, 말씀을 하시라고요. 까놓고 말해서 선생님 지금 제 걱정 안 하잖아요. 그저 불똥 튈 걱정뿐이잖아요."

담임이 멍한 표정을 지었다. 담임의 머릿속은 복잡하게 돌아가고 있었다. 영우 재 같은 꼴통이 스스로 이런 생각을 할 리가 없다, 누군가가 나를 음해하려는 게 분명하다, 지금 확실히 매듭짓지 않으면 더 골치 아파질 거다, 이런 생각들이었다. 나는 모든 생각을 듣고 한마디 해 줬다.

"지금도 이 상황을 빠져나갈 생각만 하고 있죠? 제발 철 좀 드세요. 도움까진 바라지도 않으니까."

담임이 내 말에 몸을 부르르 떨었다. 그러더니 갑자기 출석부로 내 머릴 후려쳤다. 둔탁한 소리가 복도에 울려 퍼졌고, 수업에 들어가던 선생 두어 명이 멍하니 서서 그 모습을 바라봤다. 담임의 얼굴이 홍당무처럼 빨개져 있었다.

"보자 보자 하니까 못 하는 소리가 없어! 어딜 선생 머리끝까지 기어오르려고 해. 엄마가 그렇게 가르쳤어?"

나는 조롱하듯 웃어 보였다.

"저 엄마랑 안 살아요. 담임이면서 여태 그것도 몰랐어요?"

눈앞으로 다시 출석부가 날아들었다. 나는 피하지 않고 맞았다. 학생을 체벌하면 골치 아파진다는 사실을 누구보다 잘 아는 담임이다. 그러니까 지금은 이성의 끈을 놓아 버린 셈이었다. 왠지 쾌거를 올린 기분이었다.

"훨씬 보기 좋네요. 앞으로 잘 부탁합니다."

이 순간 담임의 생각을 들어 봤는데, 언어로 생각하고 있지 않았다. 마치 짐승처럼 울부짖을 뿐이었다. 무슨 말인지 알아들을 수가 없었다. 얼굴 화장도 뱀 비늘처럼 곤두서 있었다. 눈과 코와 입이 금방이라도 폭발할 것 같았다.

"…."

담임은 용케 더 화를 내지 않고 가 버렸다. 지켜보던 다른 선생들도 자기 교실로 들어갔다. 출석부로 맞은 머리가 오히려 시원했다. 몇몇이 창문 앞에서 구경하다가 내가 노려보니 두더지처럼 쑥 가라앉았다. 여러모로 재미있는 아침이다.

준혁의 라이터 3

딱 사흘 학교에 나갔고, 목요일부터는 연휴였다. 5월 1일 개교 기념일, 2일이 석가 탄신일 그리고 주말이 지난 5일은 어린이날이었다. 수요일 종례 시간에 반 애들이 닷새나 논다며 환호했다. 물론 나도 휴일이 좋다. 하지만 요즘은 집에 있는 게 아쉬웠다. 생각을 엿듣는 능력을 사용할 수 없기 때문이다.

가장 보고 싶었던 소연이는 이번 주에 학교를 나오지 않았다. 친구에게 듣기로는 체험 학습을 냈다고 했다. 근사한 곳으로 여행이라도 떠난 걸까. 하필이면 내 고백을 뿌리친 직후에 학교를 빠지다니. 소연이의 생각을 들어 보려면 앞으로 닷새나 되는 시간을 기다려야 했다.

휴일인 지금도 내 마음이 찜찜한 건 사실 준혁이 때문이었다. 준혁이와는 정말 오랫동안 친구였다. 중학교에 들어오면서 녀석을 오른팔로 둔 뒤로는 우정이라고 말하기가 애매했지만, 어쨌든 가장 오래 알고 지낸 사이였다. 그런 준혁이가 내게 등 돌리고 풍기에게 붙었다는 사실이 아직 실감 나지 않았다. 녀석의 생각을 듣고 싶은데, 반이 달라 접근하기도 어려웠다.

딸칵. 딸칵.

나는 지금도 하릴없이 준혁이의 라이터를 만지작거리고 있었다. 풍기 패거리와 싸움이 붙었던 날, 녀석이 보여 준 기개는 꽤나 강렬했다. 내 말에 순순히 굴복하던 예전 준혁이가 아니었다. 망설임 없이 나를 패던 모습과 다시는 내 밑으로 안 들어오겠다는 말이 속 쓰렸다. 녀석과 앙금을 남긴 채 지내는 건 내게도 애들에게도 좋지 않았다. 어떻게든 다시 소통해 볼 필요가 있었다.

뭐하냐?

내친김에 준혁이에게 물어보았다. 지난달까지 활발히 메시지를 주고받았었기에 별 거리낌은 없었다. 우리 세계에서 주먹을 교환하고 곧바로 아무 일 없이 지내는 건 흔한 일이었다. 준혁이는 나랑 초등학생 시절부터 수없이 싸웠다. 중학생이 되면서 서열이 정해졌기에 주먹다짐을 벌이지 않았을 뿐이다. 준혁이라면 왠지 이번 일도 이해해 줄 것 같았다.

하지만 녀석은 답장을 보내오지 않았다. 심지어 확인조차 안 했다. 휴대폰으로 항상 게임만 하는 준혁이가 메시지 온 걸 모를 리가 없다. 아마 보고도 무시했을 것이다. 감히 나랑 밀당을 하다니. 녀석이 내 오른팔일 적에는 상상도 할 수 없는 일이었다. 나는 일부러 한 글자씩 보냈다.

녀석은 여전히 확인하지 않았다. 여자한테 이러면 집착이라 하겠지만 준혁이에겐 해당 없었다. 나는 숫제 전화를 걸었다.

뚜루루루. 뚜루루루.

이런, 아예 전화도 안 받는다. 나는 무시당하는 걸 죽기보다 싫어하는 사람이다. 준혁이는 그런 나를 잘 알고 있었고, 지금 일부러 내가 가장 싫어하는 짓을 하는 중이었다. 어떻게든 서먹한 관계를 풀려 했는데 무시하다니. 이렇게 된 이상 직접 쳐들어가는 수밖에 없다.

반바지에 흰 티셔츠를 입고 운동화를 구겨 신은 채로 나왔다. 휴일이라 길거리는 사람들로 북적였고, 차도에는 큰 현수막과 함게 연등이 일렬로 붙었다. 저게 아니었으면 내일이 석가 탄신일인지도 몰랐을 것이다. 지난주와 달리 날씨가 완전히 풀려 햇살이 쨍쨍했다. 지지부진하던 더위가 성큼 다가온 모양새였다.

나는 준혁이네 아파트로 걸어가면서 연락했다.

상가 뒤쪽은 인적이 드물어 녀석과 둘이 있을 때마다 항상 담배 피우던 장소였다. 말하자면 둘만의 아지트인 셈이었다. 지금이 오후 2시니까 녀석이 자고 있을 리는 없다. 까짓것 한 시간이든 두 시간이든 아이스크림이나 쪽쪽 빨며 기다리면 금방 아니겠는가. 기다리는 것에도 전투력을 발휘할 수 있다. 나는 상가에 도착하자마자 오래 먹을 수 있는 튜브형 아이스크림을 하나 사서 뒤쪽으로 향했다.

기다린 지 30분이 경과했다. 아이스크림을 다 먹고도 한참 뒤였다. 내 인내심은 생각보다 오래가지 못했다. 모처럼 강한 햇빛에 지열이 올라왔고, 후덥지근한 공기 때문에 짜증이 모락모락 피었다. 상가들도 에어컨을 틀었는지 육중한 실외기로부터 나오는 열기와 소음이 장난 아니었다. 조금 더 기다려 봐도 녀석이 나오지 않으면 아예 인연을 끊을 참이었다. 그나마 10분 전에 메시지를 본 흔적이 있어 지금까지 기다리는 중이었다.

녀석을 쥐어 패는 상상을 5분쯤 더 했을까. 골목 맞은편으로 후드티를 뒤집어쓴 놈이 껄렁껄렁 나타났다. 다름 아닌 준혁이였다. 순간 반가웠지만 녀석의 똥 씹은 얼굴 때문에 쉬이 인사를 건네지 못했다. 아무 말 없기는 준혁이도 마찬가지였다. 우리는 몇 초쯤 말없이 서 있기만 했다.

"무식한 새끼. 진짜로 죽치고 있냐."

녀석이 먼저 한마디 했다. 나는 첫마디의 내용보다 녀석의 말투에 집중했다. 나랑 스스럼없이 지내던 시절의 말투였다. 내 오른팔임을 다분히 의식하던 최근의 말투가 아니었다. 정겹기도 하면서 웬일인가 싶었다. 나는 준혁이가 무슨 생각인지 궁금해 녀석의 라이터를 만졌다. 마침 녀석이 담배를 꺼내며 물었다.

"야, 불 있냐?"

"어? 어."

얼결에 호주머니에서 라이터를 꺼내 불을 붙여 주었다. 준혁이는 미간을 찌푸리며 한 모금 쭉 빨더니 한숨 쉬듯 연기를 내뿜었다. 그러고는 내 손에 있는 라이터를 가리켰다.

"그거 내 거잖아. 왜 네가 가지고 있어?"

“쪼잔하게, 별걸 다 뭐라 하네. 내가 가질 수도 있지.”

나는 대수롭지 않게 대꾸했다. 녀석의 얼굴은 쉽사리 펴지지 않았다. 시시껄렁한 대화나 나눠 봐야 별 진전이 없을 것 같아 바로 본론을 말했다.

“아직 기분 안 좋냐?”

“뭐가.”

“내가 지지난주에 너 팬 거.”

“당연히 개좆같지.”

하, 이놈 어휘 선택 봐라. 말투부터 꼬락서니까지 불손하기 짝이 없다. 후배들이 보고 있었으면 나는 위신을 세우기 위해 준혁이를 손봐 줬을 것이다.

“너도 뒤에서 나 실컷 팼잖아.”

“어쩔 수 없는 상황이었잖아.”

난 그제야 준혁이가 현재 풍기 편이라는 걸 떠올렸다. 녀석은 내 밑에 있을 때도 철두철미했지만, 풍기의 편인 지금도 확실히 선을 긋고 있었다. 나는 어떻게든 이 녀석의 마음을 돌리고 싶었다.

“그날 내가 미안했다.”

“…”

“화 풀어. 어떻게 해야 풀래?”

“…”

“그럼 이렇게 하자. 난 가만히 있을 테니까 직성이 풀릴 때까지

패라. 그런 다음 화해하자."

"말 같은 소릴 해라."

진짜 맞아 줄 각오로 한 말인데 녀석은 담뱃재만 툭툭 떨어낼 뿐 반응이 없었다. 이러면 내 꼴만 우스워진다. 나는 무안함을 떠넘기듯 말을 던졌다.

"하긴 네가 깡이 좀 없지. 2년 넘게 내 밑에 있었는데 어떻게 덤비겠어."

"뒈질래? 이젠 아니거든."

준혁이가 담배를 비벼 끄며 눈을 부라렸다. 살짝 흥분한 꼴을 보니 효과가 있다. 나는 멈추지 않았다.

"그렇지. 근데 네가 믿던 풍기가 어떻게 됐더라? 너도 존나 쪽팔리잖아. 나 같으면 싹싹 빌고 돌아오겠다."

"그만해라, 씨발 놈아."

"싫은데? 좆만 한 새꺄."

퍽!

결국 녀석의 주먹이 날아왔다. 아까 말한 대로 피하거나 막지 않고 그냥 맞았다. 순간 눈앞이 번쩍했고 뺨이 얼얼했다. 준혁이가 후드를 내렸는데 벌겋게 달아오른 얼굴이 드러났다. 녀석은 제대로 열받은 듯했다.

"너도 덤벼."

준혁이가 말했지만, 나는 어떤 대꾸도 없이 가만히 서 있기만

했다.

"맞짱 뜨자고!"

당연히 무시했다. 난 이제부터 샌드백이다. 녀석이 화가 풀릴 때까지 맞아 주는 게 내가 베풀 수 있는 최선의 배려다. 그렇게 해서 준혁이를 되찾을 수만 있다면 나는 열 번이고 스무 번이고 계속 맞아 줄 것이다.

"덤비라고 했지!"

녀석이 발길질을 날렸다. 난 아랫배를 맞고 뒤로 넘어졌다. 그동안 싸우면서 워낙 많이 맞아 본 탓에 3초도 안 되어 벌떡 일어섰다. 준혁이는 그런 내 얼굴을 또 쳤다. 내가 아랑곳하지 않고 다시 얼굴을 내밀자, 이번엔 정강이를 걸어찼다. 아오, 방금 건 진짜 아프다. 그래도 나는 내색하지 않았다.

"왜 가만히 있어!"

그 뒤로도 준혁이가 밀고 차고 때렸지만 나는 버텨 냈다. 맞는 요령을 알고 있으니 데미지가 크게 들어오지도 않았다. 이 정도는 킥복싱을 배울 때 다 익힌 것이었다. 오히려 먼저 지치는 건 준혁이였다. 처음엔 덤비라며 조잘조잘 지껄여 대던 녀석이 숨을 몰아쉬느라 갈수록 말이 줄었다. 맞는 와중에도 그런 모습이 눈에 들어와 안쓰러웠다. 이젠 나도 견디기가 어렵다는 생각이 들 무렵, 준혁이가 우뚝 멈췄다. 이윽고 축축한 목소리를 냈다.

"나 같은 건 상대할 가치도 없다는 거지. 난 겨우 이 정도냐?"

그러고는 녀석이 눈물을 뚝뚝 흘렸다. 예상치 못한 상황이었다. 녀석이 이토록 심하게 모멸감을 느낄 줄이야. 차라리 얻어맞고 쓰러질 걸 그랬나. 난 오해가 없도록 녀석을 달랬다.

"미안. 이러면 네 기분이 좀 풀릴 줄 알았어."

"꺼져! 씨발 놈아!"

준혁이는 절규했다. 녀석이 내게 우는 꼴을 보이고 싶지 않은 건 당연했다. 그래도 나는 목석처럼 가만히 있었다. 꺼지란다고 꺼지면 그야말로 싱거운 놈 아닌가. 나는 녀석이 다 울 때까지 기다렸다. 한참을 훌쩍이던 준혁이는 눈물이 잦아들자 담배를 또 물었다. 나는 가지고 있던 녀석의 라이터를 꺼냈다. 내가 불을 붙여 주려고 하자, 준혁이가 내 손을 툭 쳤다.

"필요 없어, 새꺄."

그러고는 제 라이터를 꺼내 불을 붙였다. 성질 참. 나는 멋쩍음을 해소하기 위해 아무 말이나 했다.

"너 혼자 있을 때도 자주 피우지? 완전 골초네. 이참에 끊어라, 인마."

준혁이는 말없이 생각만 했다.

네가 할 소리는 아니지.

준혁이는 작년에 나 때문에 담배를 피웠다. 나는 맛도 잘 모르면서 가르쳐 줬는데, 녀석은 제대로 속 담배를 피우기 시작하더니 어느덧 무리에서 가장 골초가 되었다. 준혁이는 학교에 걸리지 않으려고 여러 방법을 고안했고, 그 덕에 나도 들키지 않고 피울 수 있었다. 준혁이는 연기를 내뿜자마자 얼굴빛이 조금 돌아왔다.

이 얘기를 해야 하나, 말아야 하나.

녀석의 생각이 또 들렸다. 무언가 하고 싶은 말이 있는데 고민하는 모양새였다. 나는 주저하지 않고 말을 걸었다.

"할 말 있으면 지금 해."

준혁이가 놀란 눈이 되었다. 그러고도 망설이는 눈치였다.

에이, 구질구질하게 뭐 하러 말해.

"구질구질하지 않으니까 말해 줘."

녀석은 숫제 담배를 떨어뜨렸다. 내가 얼른 주워 줬더니 녀석이 그걸 다시 입에 물었다. 준혁이는 이내 침착한 얼굴을 되찾고 이야기를 꺼냈다.

"사실 그날이 풍기 형한테 스카웃 제의 받고 얼마 안 됐을 때였어."

그날이라면 내가 준혁이를 패고 무리에서 내쫓은 날이었다. 그때는 녀석이 아직 풍기 패거리가 아니었던 모양이다.

"며칠간 고민 좀 했지. 우리가 한창 껄끄러울 때였으니까. 그래서 그날 너랑 잘 풀리면 풍기 형한테 가지 않으려고 했어. 그런데 너는 내 얘기를 다 들어 보지도 않고 마구 패더라. 그것도 애들 다 보는 앞에서."

준혁이는 지금 진심이었다. 라이터를 쥐고 있기에 알 수 있었다.

그날 나는 생각이 불손하다는 이유로 녀석을 공개 처형했었다. 아무 말도 안 했는데 말이다. 녀석 입장에서는 미치고 팔짝 뛸 노릇이었을 것이다.

"그래서 작심하고 풍기 형에게 갔지. 그 형, 양아치 같긴 해도 자기 아랫사람은 확실히 챙기더라."

내 앞에서 풍기 자랑을 하다니. 맞장구치고 싶지 않았다.

"원래 처음 전학 오면 그래. 세력 넓힐 때는 한 놈이 아쉬우니까. 그러다 학교 접수하면 본성 드러난다."

준혁이의 생각을 엿들어보니 내 말을 귀담아듣지 않고 있었다. 녀석은 오직 다음 말만 생각할 뿐이었다.

"암튼, 이젠 돌아올 수 없는 강을 건넜어."

"야, 그러지 말고 더 생각해 봐."

"…."

"내가 미안했다니까."

하지만 준혁이의 생각은 흔들림이 없었다. 녀석은 결국, 내가 제일 듣고 싶지 않은 말을 꺼냈다.

"이제 너한테 개인적인 원한은 없어. 오늘 나한테 이렇게까지 맞아 준 게 과분할 지경이니까. 하지만 풍기 형을 배신하라고는 하지 마. 나도 자존심이 있지 어떻게 손바닥 뒤집듯이 또 옮기냐. 그냥 앞으로 안 마주치는 게 최선인 것 같아."

준혁이는 내 마음을 찢어 놓는 말을 담담히 던지고 있었다. 아마 무슨 일이 있어도 이 말만큼은 꼭 전하려고 나온 듯했다. 방금 전까지만 해도 괜찮았던 몸이 이제야 욱신거렸다. 뭐라고 해야 할지 몰라 머뭇거렸더니 녀석이 먼저 말했다.

"난 들어간다. 이젠 이곳도 끝이네. 담배 피우기 좋았는데."

준혁이가 움직이려고 할 때, 나는 마지막으로 녀석을 붙잡았다.

"잠깐만."

준혁이가 멍한 눈으로 쳐다보았다. 난 잠시 머뭇거리다 손을 내밀었다.

"이거 가져가라."

내가 건넨 건 녀석의 라이터였다. 생각을 엿듣기 위해서 가지고 있었지만, 이젠 그럴 필요가 없었다. 녀석은 멋쩍은 얼굴로 라이터를 집었다.

"…고맙다."

그러고는 몸을 돌려 내게서 멀어졌다. 나는 녀석의 뒷모습을 한참 동안 바라봤다. 준혁이는 골목길 너머로 사라졌다. 나한테 뒤돌아보지도 않았다.

능력을 삐딱하게 사용한 것이 이런 결과를 초래하고 말았다. 녀석이 복잡한 상황을 고민하다 보면 별생각이 다 들 수 있는 거였는데.

한편으론 기운이 빠졌다. 사람의 마음을 움직이기가 이렇게 어려울 줄이야. 상대의 생각을 듣는 것과 마음을 움직이는 건 전혀 다른 문제였다.

　나도 돌아섰다. 얼굴이 쓰라렸다. 녀석에겐 괜찮은 척했지만 괜찮지 않았다. 온몸이 욱신거렸고, 마음은 그보다 더했다. 이 능력이 처음으로 혐오스러웠다.

　하늘은 너무나도 파랬다. 돌을 던지고 싶을 만큼.

상진의 지우개 3

멍들고 상처 났던 곳이 아물었을 즈음, 다시 학교에 가야 하는 화요일이 되었다. 남들은 황금연휴라 했지만 나한테는 아무 감흥 없는 연휴였다. 준혁이를 만난 뒤의 나흘이 모두 그랬다. 친구들을 모아 당구장이나 노래방에서 노닥거리는 게 전부였다. 나중엔 주머니도 가벼워지다 보니 집에 틀어박혀 게임만 하게 되었다.

하루에도 몇 번씩 소연이의 프로필을 들여다봤다. 소연이는 프로필을 자주 바꾸진 않았지만 그저께 사진을 〈엘리멘탈〉의 주인공 웨이드로 바꾸어 놓았다. 눈물이 그렁그렁한 웨이드를 보면서 나는 마치 심리학자라도 된 것처럼 숨은 뜻을 분석하려 애썼다. 어차피 학교에 가면 소연이 생각을 마음껏 들을 수 있다. 등교하는 발걸음에 속도가 붙었다.

그런데 교정에 들어선 순간, 뭔가 이상한 점을 느꼈다. 오늘따라

학생들이 유난히 삼삼오오 모여 있었기 때문이다. 게다가 다들 심각한 표정이었다. 교실로 들어가지 않고 이야기 나누는 애들도 많았다. 며칠 만에 만나 반갑게 인사하는 걸로는 보이지 않았다. 뭔가 흉흉한 소문이 돌 때의 전형적인 모습이었다.

평소에 자주 같이 노는 2학년 후배 한 놈을 발견했다. 그 녀석도 자기 친구와 밀담을 나누고 있었다. 나는 곧장 그리로 다가갔다. 후배들이 나를 보자마자 황급히 허리를 굽혀 인사했다. 나는 단도직입적으로 물었다.

"아침부터 분위기 왜 이러냐?"

"저 그게…."

녀석은 감히 입에 담지 못하겠다는 표정이었다. 깡다구가 좋고 운동 신경도 뛰어나 예전부터 눈여겨보던 녀석인데 의외였다. 다른 후배들 얼굴은 더 가관이었다. 마치 금지된 이야기를 하다 걸린 분위기였다. 나는 신경질을 부렸다.

"싸가지 없는 새끼들아, 말 안 해?"

그제야 후배 녀석이 어렵게 입을 열었다.

"오늘 새벽에… 우리 학교 3학년 선배 한 명 죽었답니다."

"뭐어?"

나는 듣고도 믿기지 않아 되물었는데, 말투가 위협적으로 나간 바람에 후배들이 모두 바짝 졸아들었다. 그중에 한 녀석이 쭈뼛거리며 부연 설명을 했다.

"…옥상에서 뛰어내렸답니다. 그것도 자기네 아파트에서."

순간 눈앞이 캄캄해진 기분이었다. 번뜩 떠오르는 녀석이 있었기 때문이다. 나는 즉시 후배들을 내버려둔 채 교실로 뛰었다. 실내화로 갈아 신을 겨를도 없었다. 쿵쾅쿵쾅 복도에 울려 퍼지는 발소리가 마치 내 심장 박동 같았다. 설마, 설마…. 나는 내가 생각하는 최악의 경우가 아니길 바라며 교실 문을 열어젖혔다.

"…."

우리 반의 풍경은 더욱 처참했다. 여자애들 중엔 우는 아이도 있었고, 남자애들은 고개를 폭 숙인 채로 침묵하고 있었다. 아무도 시끄럽게 떠들지 않았다. 누가 봐도 죽은 학생이 우리 반인 걸 알 수 있었다. 가슴이 터져 버릴 것 같았다. 주변 친구를 붙잡고 상황을 물어보려던 찰나, 교실 문이 열렸다. 얼굴이 창백해질 대로 창백해져 하얗게 떠 버린 담임이 혼이 빠져나간 모습으로 들어왔다. 학생들은 서둘러 조용히 자리에 앉았다. 담임도 한동안 말이 없었다. 맨 앞의 책상 하나에 시선이 머물렀다. 그 책상은 비어 있었다. 이윽고 담임이 입을 열었다.

"이미 알고 있겠지만… 새벽에 상진이가…."

담임의 말이 끝나기도 전에 여학생 몇 명이 크게 울음을 터뜨렸다. 그 울음소리와 담임의 말이 뒤엉켜 내 머릿속을 휘저었다. 설마 했던 것이 사실로 밝혀지는 순간, 몸 안에서 뜨거운 무언가가 터져 버리는 느낌이 들었다. 교실은 슬픔의 구렁텅이에 빠진 지 오래였다. 담임도 울먹울먹한 목소리를 냈다.

"오늘은 선생님들이 수업을 못 할 수도 있어요. 만약 시간이 돼도 과목 선생님이 안 오시면 자습하고 있도록⋯."

미처 말을 끝마치지 못하고 황급히 나가 버리는 담임이었다. 아마도 눈물이 났던 모양이다. 평소에 사건이 터지는 걸 누구보다도 귀찮아하던 담임이었다. 나는 담임의 생각을 미처 엿들어 볼 새도 없었고, 그러고 싶지도 않았다.

1교시가 되어도 국어 선생이 들어오지 않자, 진정된 우리 반 애들은 슬슬 떠들기 시작했다. "최근에 상진이가 이상하긴 했다", "성적이 그리 떨어졌으니 죽고 싶은 생각이 들만도 했겠다", "아무리 그래도 자살이 웬 말이냐", "부모님이 스트레스를 엄청 줬나 보다"와 같은 말이 교실을 맴돌았다. 나는 그저 가만히 듣고만 있었다. 그런데 개중에 도가 지나친 애들이 있었다.

"우리 이모가 그 아파트에 살거든. 걔 떨어진 모습 보고 충격 받았대."

"뛰어내리는 걸 직접 본 거야?"

"아니. 아무도 안 볼 때 떨어졌다더라고. 걔가 바닥에 떨어진 흔적을 봤다는데, 구급대가 와서 치워도 핏자국이 지워지질 않더래!"

"으, 징그러."

"이모 말로는 집값 떨어질 것 같다고⋯."

"야아!"

결국 참다못한 내가 소리를 질렀다. 수군거리던 학생들이 모두 날 쳐다봤다. 나는 우리 반 전체에게 일갈했다.

"씨발 것들이, 지금 장난해? 사람이 죽었는데 할 말이 따로 있지!"

교실은 일순 조용해졌다. 눈물이 말라 버린 애들은 어느덧 자기 몸 사리기 바빴다. 나는 일부러 쾅 소리가 나도록 앉았다. 내 앞에 앉은 녀석들이 책 보는 척을 했다. 나를 위해서라도 모두 조용히 해 주어야 했다.

나야말로 복잡한 심경을 정리할 수가 없었다. 상진이가 왜 그런 선택을 했단 말인가. 내가 그러지 못하도록 말리기도 하지 않았던가. 도대체 왜….

상진이의 지우개가 내 주머니 속에서 맴돌았다. 그걸 쥐고 있는 내 손은 땀으로 흥건했다. 이제 이 물건의 주인은 세상에 없다. 난 아직 이 사실을 받아들이기 힘들었다. 금방이라도 녀석이 교실 문을 열고 나타날 것만 같았다.

상진이의 빈소가 차려진 것은 그날 오후였다. 학교에서 가까운 종합 병원에 딸린 장례식장이었다. 우리 반은 4시에 수업이 끝나자마자 모두 같이 조문을 갔다. 담임 뒤를 졸졸 따라가는 반 친구들은 다시 말이 없어졌다. 학원에 가야 한다거나 약속 있다고 내빼는 녀석도 없었다. 비라도 주룩주룩 내려 줬으면 좋겠는데 며칠 전부터 하늘은 구름 한 점 없이 맑았다. 뉴스에서 가뭄이 우려된다고 할 정도였다. 가는 내내 주변에 감정을 이입할 대상조차 없어 기분이 더욱 비참했다.

'상례원'이라 적힌 병원 장례식장은 지하에 있었다. 들어가는 입구에서부터 동굴 같이 서늘한 기운이 우릴 뒤덮었다. A4 용지로 나란히 붙인 빈소 안내판을 담임이 먼저 살피더니 한 층 더 내려가야 한다고 알려 주었다. 나도 안내판을 살폈는데 다른 건 눈에 안 들어오고 오직 '故 한상진 군'이라 쓰인 문구만 가슴에 콱 박혔다. 녀석의 죽음이 점점 실감 나고 있었다. 계단을 내려갈 때 울리는 발걸음 소리가 마치 북소리 같아 저승으로 떠밀리는 기분이었다.

복도에 들어서자 양옆에 커다란 화환들이 늘어서 있었고, 우중충한 네모 공간이 펼쳐졌다. 화려한 꽃 무덤 중에 상진이를 위한 것은 없었다. 우리는 가장 후미지고 좁은 빈소에 이르러서야 상진이의 이름표를 발견할 수 있었다. 부모님이 일부러 눈에 띄지 않는 곳을 고른 모양이었다. 그래서인지 조문객이 거의 없어 좁은 빈소마저 황량해 보였고, 식사 준비하는 아주머니들은 홀에 앉아 노닥거리고 있었다. 눈치를 살피던 한 녀석이 담임에게 조심스레 물었다.

"선생님, 절 몇 번 해야 해요?"

담임은 비통함을 꾹꾹 눌러 담은 목소리로 두 번이라 말해 주었다. 여학생 중에는 명절 때처럼 앉아서 절하는 거냐고 묻는 애도 있었고, 끝나면 옆의 홀에서 밥 먹고 가는 거냐고 묻는 남학생도 있었다. 수런거리는 소리로 빈소 앞이 산만해졌다.

신발을 벗고 상진이의 영정 사진 앞에 몇 줄로 서는 시간만 해도 한참이 걸렸다. 이 순간부터는 다들 조용해졌다. 죽은 친구를 조문하려고 장례식장에 온 건 대부분 처음인 듯했다. 그래서인지 우리 사이에는 엄숙함과 혼란스러움이 공존했다. 나는 일부러 멀찌감치 뒷줄에 섰다. 어느 정도 대열이 정리되자 다 같이 절을 했다. 저만치 앞에 소연이가 어색한 동작으로 등허리를 숙인 모습이 눈에 들어왔다. 우린 당연히 호흡이 안 맞았고, 몇몇 학생은 절하는 대신 무릎 꿇고 기도를 했다. 상진이의 영정은 교복을 입지 않은 데다 앳된 모습인 걸로 보아 초등학생 시절 사진인 듯했다. 어린 모습에서도 녀석은 기운이 없고 표정이 굳어 있었다.

우리가 절하는 모습을 지켜보던 상진이 엄마는 처음부터 끅끅 울기 시작하더니 담임이 위로의 말을 건넴과 동시에 그 자리에 무너져 앉아 통곡했다. 상진이 아빠로 보이는 중년 남자가 부축해 일으키며 선생님 앞에서 주책없이 왜 그러냐고 다그쳐도 소용없었다. 상진이의 형도 그 옆에 멀뚱히 서 있었다. 상진이와 다르게 키가 훤칠했고, 얼굴이 말끔했다. 상진이가 그토록 부러워한 형이지만, 지금은 동생의 죽음에 망연자실해 있었다. 우리는 울음이 그칠 때까지 굳은 채로 서 있을 수밖에 없었다. 겨우 울음이 멎은 상진이 엄마가 축축한 목소리를 냈다.

"미안해요. 상진이 친구들을 보니 자꾸 아들 생각이 나서…. 다들 이렇게 훌륭히 잘 크고 있는데 우리 상진이는 왜…."

그리고 다시 오열하기 시작했다. 같이 눈물을 글썽거리는 아이도 있었다. 담임이 우리더러 홀에 들어가 식사하라고 손짓했다. 우리는 잠시 쭈뼛거리다가 뒷줄부터 차례로 빠져나왔다. 나는 맨 마지막에 나왔는데 상진이 엄마의 울음은 그때까지도 멈추지 않았다. 상진이의 형이 그런 엄마를 붙잡고 진정시키는 중이었다. 사진 속 상진이는 허공만 바라보고 있었다. 나는 녀석의 영정에 다가가 한마디 해 줬다.

"새꺄. 네가 원하던 게 이거냐?"

하얀 종이가 깔린 상에 반찬과 안주가 담긴 일회용 접시가 놓였다. 오징어채, 떡, 홍어무침, 수육 같은 것들이었다. 중앙에 소주와 맥주가 놓여 있어 남자애 몇몇이 장난기 어린 눈빛을 교환하기도 했다. 하지만 분위기에 눌려서 캔 음료수만 종이컵에 따랐다. 인기좋은 수육은 밥이 나오기도 전에 동났다. 보통 식당이면 "저기요, 이것 좀 더 주세요"라고 부탁할 녀석들이 젓가락만 든 채 쩝쩝거리고 있었다. 국을 가져다주던 아주머니들이 눈치껏 빈 반찬 접시를 채워 주었다.

일회용 그릇에 담겨 나온 국은 육개장이었다. 아무 생각 없이 밥을 몽땅 말았다. 그러곤 입에 욱여넣는데 잘 넘어가지 않았다. 맛없는 게 아니라 맛이 안 느껴졌다. 마침 다른 조문객이 왔는지 상진이 엄마가 다시 목 놓아 우는 소리가 울려 퍼졌다. 잘 먹고 있던 다른 녀석들도 눈치를 보는 기색이었다.

솔직히 기분 같아서는 밥이고 뭐고 다 때려치우고 싶었다. 내가 여기서 태평하게 먹을 자격이 있는가. 나는 필요할 때만 상진이의 머리를 이용했었다. 우리 반에서 제일 똑똑했기에 별로 걱정하지 않았다. 그래서 녀석의 어두운 생각을 들을 때마다 짜증 나는 일로만 치부했다.

녀석을 옥상에서 한 번 구했다고 우쭐해 한 것도 실책이었다. 그 뒤로도 지속적인 관심을 기울였어야 했다. 아니, 하다못해 주변에 도움이라도 청했어야 했다. 하지만 나는 녀석에게 완전히 신경을 껐었다. 그 때문에 상진이가 전에도 이런 시도를 했다는 사실을 가슴에 묻어야 했다. 이제 와서 다른 사람에게 말해 봐야 비난만 쏟아질 게 뻔하지 않은가.

밥을 거의 다 먹어 갈 때쯤 쉰대갈을 비롯한 학교 선생들이 빈소 앞에 나타났다. 모두 검은 양복을 입은 채였다. 다들 옷만큼 표정도 어두웠다. 다시 절규에 가까운 곡소리가 흘러나왔다. 친구들은 잊을 만하면 자꾸 울음소리가 들리니 가시방석에 앉은 기분이었을 것이다. 선생들이 홀에 들어왔고, 우리와 멀찍이 떨어진 곳에 자리를 잡았다. 쉰대갈이 잠시 이쪽을 바라봤지만 나는 외면했다. 사고를 뒤치다꺼리해야 하는 쉰대갈이라면 머리가 더 하얗게 셀 것이다.

결국 국에 말아 놓은 밥을 남겼다. 이런저런 생각하는 사이에 친구들이 다 먹고 일어났기 때문이다. 우리는 빈소 앞에 모여 서성거리다가 담임이 상진이 부모님과 대화를 마치고 오자마자 우르르 계단을 올랐다.

우리는 장례식장 앞에서 곧바로 해산했다. 다시 학교로 돌아가는 담임은 오늘따라 더욱 늙어 보였다. 구두의 뒤축이 휘청휘청, 기운이 영 없었다. 정말로 담임에게 올해는 빨리 지나갔으면 하는 해가 맞는 것 같다.

집에 돌아가는 길은 유난히 멀게 느껴졌다. 해가 건물 뒤로 오락가락했고 하늘이 주황빛으로 물들었지만 하나도 아름다워 보이지 않았다. 나를 둘러싼 공기와 햇빛이 내 몸을 짓누르고 있는 것만 같았다. 걷다가 주저앉고 싶을 만큼.

이게 다 내가 지닌 능력 때문인 것 같다. 다른 사람의 생각을 들을 수 없었다면, 그래서 상진이의 생각 따위 전혀 몰랐다면, 내가 이렇게 죄책감에 시달리지도 않았을 것이다. 그저 다른 아이들처럼 절 두 번 하고 애도를 표한 다음, 밥이나 얻어먹고 오면 됐을 것이다. 이 능력이 과연 내게 도움이 되는 걸까.

남들이 없는 능력을 가지면 피곤하고 고달프다는 걸 이제야 알았다. 그리고 그에 걸맞은 막중한 책임이 따른다는 사실도. 정말로 할 수만 있다면 다시 뇌출혈을 일으켜서라도 능력을 없애버리고 싶다. 아빠가 왜 심각한 표정으로 나한테 능력을 쓰지 말라고 경고했는지 알겠다. 아빤 이 모든 걸 먼저 겪어 본 것이다.

이 능력은 내게 복이 아니라 저주였다.

소연의 머리핀 3

한 주가 어떻게 갔는지 모르겠다. 학교는 소나기가 퍼부은 뒤의 숲처럼 고요했다. 수업을 들어오는 선생 중 누구도 상진이 이야기를 하지 않았다. 하지만 우리는 알게 모르게 상진이의 영향을 받고 있었다. 다른 반 학생들도 우리 반을 지날 때면 떠들던 것을 멈출 정도였으니까.

주말까지는 친구들을 소집해 몰려다니는 행동을 하지 않았다. 풍기 패거리도 마찬가지였다. 상진이가 죽기 전까지만 해도 풍기가 복수전을 준비한다느니 세력을 더 모은다느니 소문이 무성했지만, 지금은 쑥 들어가 버렸다.

월요일에 등교해 보니 상진이 책상과 꽃다발이 치워져 있었다. 녀석의 존재가 교실에서 완전히 사라진 것이다. 그래서인지 반 친구들은 예전의 활기를 조금은 되찾았다. 수다를 마음껏 떨어도 눈치를 보지 않을 정도가 되었다.

다만 시간이 지나도 상태가 좋지 않은 사람이 한 명 있었으니, 바로 담임이었다. 일주일 사이에 담임은 말도 못 하게 초췌해졌다. 전에는 '동안' 소리를 듣던 얼굴이었는데 이젠 피부가 푸석했고 볼도 쑥 들어갔다. 듣기론 담임과 쉰대갈이 교육청에서 나온 사람에게 조사를 받는다고 했다. 밥도 안 먹이고 잠도 안 재우며 고문하는 것도 아닐 텐데, 마치 그런 고초를 당하는 듯한 몰골이었다.

예전의 나라면 담임의 생각을 엿들으며 혼자 킬킬거렸을지도 모른다. 하지만 지난주에 상진이의 빈소에 다녀오고 나서 나는 담임의 보드 마커를 휴지통에 버렸다. 더 이상 능력을 사용하고 싶지 않았기 때문이다. 더욱이 사람을 가지고 노는 용도라면 이제 흥미가 없었다.

상진이의 지우개도 책상에 박박 문질러 모두 닳아 없어지게 했다. 상진이는 한참 살아가야 할 자신의 생명을 끊었지만, 녀석의 지우개만큼은 그냥 버리지 않고 아낌없이 다 써 주고 싶었다. 그동안 낙서해 놓은 것들을 전부 상진이의 지우개로 깨끗이 지웠다. 집에 가져가서도 열심히 지웠다. 아무리 문질러도 지우개는 쉽게 닳지 않았다. 우리 목숨도 마찬가지일 것이다. 그런데 녀석은 자신의 목숨을 다 쓰지도 않고 휴지통에 버려 버렸다. 지우개질하면서 몇 번이나 눈물이 맺혔다.

이제 학교에서 훔친 물건은 소연이의 머리핀 하나밖에 남지 않았다. 이것도 바로 버릴까 했지만, 소연이가 전에 울먹이며 할머니의 유품이라고 했던 말을 떠올렸다. 그래서 아직도 가지고 있었다. 어떻게든 소연이에게 돌려줘야겠다고 생각 중이었다. 다만 아직 타이밍을 잡지 못했을 뿐이다.

며칠이 더 지나면서 우리 반은 완전히 원래대로 돌아왔다. 쉬는 시간에 욕이 날아다니고 남자애들이 점심시간에 축구로 땀 흘리는 모습, 여자애들이 아이돌 이야기로 야단법석을 떠는 풍경까지 예전 그대로였다. 화요일 즈음엔 나도 오랜만에 친구들과 어울려 게임을 했다. 인간은 역시 망각의 동물이었다.

한동안 친구들과 몰려다니지 않던 소연이도 이제 행동이 자연스러워졌다. 먹을 걸 밝히는 것도 여전했다. 친구들이 간식 사 먹으러 가자는 말에 호들갑 떨며 따라붙는 모습으로 돌아왔다.

수요일에 소연이가 웃는 모습을 보고 나는 결심했다. 이제는 사용하지 않기로 한 능력을 딱 한 번만 더 쓰기로 말이다. 만약 소연이가 하루 동안 내 생각을 전혀 하지 않는다면 나도 깨끗이 마음을 접을 것이다. 그런데 혹시 소연이가 날 긍정적으로 생각한다면 소연이와 다시 이야기 나눠 볼 참이다.

나는 목요일 아침에 평소보다 일찍 등교했다. 아침부터 안개가 자욱한 날이었다. 비장한 마음으로 계단을 올라 교실로 향했다. 오늘만큼은 소연이의 생각을 온종일 하나도 빠짐없이 들어 볼 작정이었다.

20분쯤 지난 뒤에 소연이가 교실에 나타났다. 평소보다 꽤 늦은 시간이었고, 젖은 머리를 미처 말리지 못한 채였다. 거울 앞에 다가가 빗으로 머리를 빗는데 얼굴이 수척해 보였다. 하루를 시작하는 분위기가 아니라 다 끝내고 온 것 같은 표정이었다. 나는 주머니 속에 있는 머리핀을 손에 쥐었다. 어떤 생각을 하고 있는지 들어 보고 싶었다. 소연이는 엉킨 머리카락을 푸느라 얼굴을 찡그릴 뿐, 아무 생각이 없었다. 그러고는 머리를 정돈한 뒤에야 푸념 섞인 생각을 하기 시작했다.

아, 피곤해 죽을 것 같아.

폐기 음식 그만 먹고 싶어.

나는 한동안 멍했다. 지금까지 소연이가 한 번도 하지 않은 생각이었기 때문이다. 그동안 내가 포착하지 못한 것일 수도 있었다. 대체 소연이 정도의 여자애가 뭐가 부족해 폐기 음식을 먹는단 말인가.

죽 들어 보니 소연이는 새벽까지 언니 대신 편의점 대타 알바를 뛰고 온 것이었다. 합법인지 불법인지는 알 수 없으나 종종 그러는 모양이었다. 심지어 체험 학습을 냈던 지난주 내내, 사실은 알바를 뛰었다는 것도 알아냈다. 게다가 유통 기한이 지나 상품 가치가 사라진 편의점 김밥으로 끼니를 자주 때우는 듯했다. 그야말로 충격이었다. 그런데도 소연이는 친구들과 아무렇지 않게 수다를 떨었다. 얼굴의 웃음도 평소와 다를 바 없었다. 마치 방금까지 엿들은 생각이 착각으로 느껴질 정도였다.

수업 시간에 꾸벅꾸벅 조는 소연이를 처음 보는 건 아니었지만, 오늘은 안쓰러워 보였다. 보건실에 가서 한 시간 푹 자고 오라는 말을 해 주고 싶을 정도였다. 다행히 첫 시간은 국어였고, 학생이 자는 걸 크게 뭐라 하지 않는 선생이었다. 나는 자꾸 소연이 쪽으로 시선이 갔다. 정말로 신경이 쓰였다.

2교시 쉬는 시간까지 잠을 보충한 소연이는 이제 선생 몰래 그림을 그렸다. 주로 책에 있는 인물 그림에 자신이 생각하는 옷을 덧입혀 그리는 방식이었다.

여기에 포인트로 데님 재킷을 걸쳐 주고, 청색 무늬가 들어간 흰 스니커즈를 신어 주면… 망하는구나.

저러면서 어떻게 좋은 성적을 유지하는 걸까. 소연이는 만화를 좋아하는 동시에 디자인에 관심이 많았다. 특히 패션 쪽에서 옷차림과 액세서리의 조화를 고민했다. 모르긴 해도 소연이의 교과서는 아마도 캐릭터 위에 덧입혀 놓은 디자인 그림으로 가득할 것이다.

점심시간쯤부터는 슬슬 절망감이 밀려왔다. 소연이는 내 생각은커녕 남자 생각 자체가 없었기 때문이다. 내가 이렇게 쳐다보는데도 신경 쓰지 않다니. 보기보다 둔한가? 나는 점심을 먹은 뒤에도 소연이를 계속 관찰했다.

"소연아, 매점 햄버거 먹으러 갈래?"

"우와, 가자!"

친구의 말에 또 눈이 커지며 활짝 웃는 소연이였다. 어제까지는 먹을 걸 좋아하는 저런 모습이 귀엽다고 생각했었지만, 지금은 아니었다. 아마도 부모님과 함께 살지 않는 데다가 할머니까지 여읜 상황에서 언니의 알바로 근근이 생활하고 있다는 걸 알았으니까. 소연이에게 용돈이 넉넉할 리가 없었다.

소연이가 친구들과 매점으로 향할 때, 나도 따라가야겠다고 마음먹었다. 그런데 복도에서 하필 지석이가 나를 불러 세웠다.

"영우야, 토요일에 파티 어떻게 준비할까?"

모레는 내 생일이었다. 코스를 어떻게 할지 묻는 것이었다.

나는 소연이가 사라진 통로를 바라봤다. 여기서 시간을 끌면 놓쳐 버릴 것 같았다. 나는 지석이에게 알아서 준비하라 지시하고는 소연이를 뒤쫓았다.

점심시간의 매점은 한정 수량인 간식을 선점하기 위한 인파로 늘 북적거렸다. 특히 오후 1시에 가져다 놓는 햄버거와 도넛은 점심을 먹자마자 줄을 서야 겨우 살 수 있는 최고 인기 간식이었다. 내가 햄버거를 확보해 주면 소연이에게 점수를 딸 수도 있었다. 나는 누구보다도 빨리 복도를 달렸다. 체육관 입구를 지나자 매점이 눈앞에 보였다.

그런데 매점 입구에 들어서자마자 걸음을 멈출 수밖에 없었다. 소연이가 문 옆에 쪼그려 앉은 채 넘어져 있었기 때문이다. 주변에 여러 학생이 모여들어 웅성거렸고, 소연이 앞에 한 남학생이 머리를 긁적이며 서 있었다. 그리고 바닥에는 귀하디귀한 매점 햄버거 두 개가 포장이 뜯긴 채로 떨어져 있었다.

마침 소연이 친구들이 먼저 나섰다.

"야, 앞 좀 보고 다녀. 그렇게 뛰어나오면 어떡해!"

명찰 색으로 보아 남학생은 2학년 후배였다. 하지만 결코 물러서지 않았다.

"그쪽도 마찬가지잖아요. 아이 씨, 내 햄버거!"

햄버거는 후배 것이었던 모양이다. 사 들고 나오다 매점에 뛰어들어가던 소연이와 부딪친 듯했다. 나는 옥신각신하는 광경을 지켜보며 소연이가 무슨 생각을 하는지 들어 보았다.

쪽팔려. 오늘 진짜 별로다.

누가 봐도 피해자는 충격을 더 크게 받은 소연이였다. 그런데도 후배는 사과할 생각조차 없어 보였다. 소연이가 비틀비틀 일어나 먼저 후배에게 말했다.

"미안. 햄버거 다시 사 줄게."

후배는 오히려 성질을 부렸다.

"미안하다고 말하면 다예요? 이게 오늘 마지막 거였는데!"

후배의 일행도 뒤늦게 가세했다. 소연이와 친구들더러 "대박 사

건이다", "얘 오늘 이거 먹으려고 급식도 안 먹었는데 어쩔 거냐",
"햄버거 존나 아깝다" 같은 말을 뱉어 냈다. 나는 이 상황을 그냥
넘어갈 수 없었다.

"야 이 새끼들아, 선배가 똥으로 보이냐!"

큰소리쳤더니, 그제야 내가 여기 있다는 것을 눈치챈 듯 주변이
모두 조용해졌다. 나는 이런 분위기의 변화가 무척 익숙했다. 후배
들은 내 존재감 때문에 움츠러드는 기색이었다. 난 여세를 몰아 계
속 쏘아붙였다.

"아무거나 처먹어. 햄버거만 음식이냐?"

"…영우야, 그만해."

소연이가 어깨를 건드렸다. 시끄럽게 구는 바람에 다른 학생들
이 이쪽을 바라보는 것이 창피한 모양이었다. 나는 아랑곳하지 않
고 후배들에게 큰소리쳤다.

"정 꼬우면 내가 사 줄 테니 따라오든가!"

나한테 기가 눌린 후배 녀석들은 고개를 숙인 채 어쩔 줄 몰라
하고 있었다. 소연이가 부딪쳤던 후배에게 말했다.

"나중에 똑같은 걸로 사 줄게. 그냥 가."

내가 기껏 나섰는데 소연이가 제지하는 상황이 마음에 들지 않
았다. 그래서 한마디 뱉었다.

"네가 사 줄 돈이 어디 있어!"

순간, 소연이의 눈빛이 소름 끼칠 만큼 번뜩였다.

"그게 무슨 말이야?"

아차 싶었다. 소연이가 저렇게 매서운 눈을 한 건 처음 본다. 꺼내지 말았어야 할 비밀을 누설한 느낌이었다. 나도 모르게 말을 더듬었다.

"저, 저번에 보니 알바 하고 있길래 형편 안 좋은가 해서….'

마치 직접 목격한 듯이 꾸며 말했다. 소연이도 당황한 얼굴이었지만 친구들은 더 놀라워하는 표정이었다. 소연이는 이런 사실을 꼭꼭 숨겨 온 모양이었다. 나는 또 말실수했다는 것을 깨달았다.

"너 되게 웃긴다. 언니가 여행 가자고 해서 같이 돈 모으는 중이거든!"

소연이의 말에 친구들이 끼어들었다. 어디로 여행 가냐고 묻는 말에 소연이는 작은 목소리로 일본이라 답했고, 소연이의 친구들은 좋겠다며 호들갑을 떨었다.

하지만 아니었다. 소연이는 그런 생각을 한 적이 없었다. 오히려 폐기 음식으로 끼니 때우는 것을 한탄하던 애였다. 분명 한 푼이 아쉬운 처지였다. 지금 소연이는 거짓말을 하고 있었다. 내 머릿속에선 거짓말을 바로잡고 싶다는 생각과 소연이에게 점수를 따고 싶다는 생각이 뒤엉켰다. 나는 억지로 웃음을 띠었다.

"기분 나빴다면 미안. 오늘은 내가 쏠게."

내 말에 소연이의 친구들이 환호했다. 이러면 소연이가 돈을 쓰지 않아도 된다. 겨우 수습했다고 생각한 순간, 소연이가 쏘아붙였다.

"됐거든!"

그러고는 몸을 돌려 매점 밖으로 성큼성큼 나가 버렸다. 찬물이 확 끼얹어진 기분이었다. 방금까지 소연이와 실랑이하던 후배들이 주뼛거리며 제 갈 길로 가 버렸다. 소연이 친구들도 눈치를 살살 보더니 내게 말했다.

"영우야 미안한데, 다음에 사 줘!"

소연이가 사라진 매점은 아무리 시끌벅적해도 무인도나 마찬가지였다. 더 이상 여기에 머무를 필요가 없었다. 나는 주머니에 손을 꽂은 채로 털레털레 걸어 나왔다. 기분이 바닥을 쳤다. 소연이의 눈빛이 자꾸 머릿속에서 맴돌았다.

점심시간 직후의 수업은 늘 우리를 시들시들하게 만든다. 책상에 엎어진 학생이 여럿이었다. 소연이도 그중 하나였다. 그런데 머리핀을 쥐어 보니 소연이는 자는 게 아니었다. 신기하게도 거의 내 생각으로 머릿속이 꽉 차 있었다.

제가 뭔데 나서고 난리야.

내가 알바 하는 건 어떻게 알았지?

잘못하다간 학교생활 꼬이겠어!

제기랄, 완전히 찍혔다. 소연이는 알바 사실을 정말 들키고 싶지 않은 모양이었다. 졸지에 나는 소연이의 평화를 깨 버릴지 모르는

적이 되어 버렸다. 내가 푼수같이 입을 놀려 친구들에게 자신의 실태가 까발려질 것을 걱정하고 있었다.

나는 어떻게든 점수를 만회하기 위해 노력해야 했다. 소연이가 그림 그리다 도덕 선생에게 걸렸을 땐, 일부러 의자째 넘어져 모든 시선을 내게로 돌렸다. 결과는 성공이었으나 소연이는 대수롭지 않게 여길 뿐이었다.

청소 시간엔 소연이에게 일부러 다가갔다.

"청소함 정리 도와줄까?"

"어… 그래."

나는 전과 마찬가지로 교실에 흩어져 있는 손걸레와 빗자루를 모았다. 그러고는 소연이에게 건네줄 때 일부러 웃어 보였다. 소연이도 그런 내게 어색하게 웃어 줬다. 나는 주머니 속으로 소연이의 머리핀을 쥐었다.

진짜 왜 이래. 싫다, 정말.

역시 이 능력은 저주가 틀림없다. 차라리 소연이의 생각을 안 들었다면 내가 이렇게 밉상으로 전락하는 일은 없었을 텐데. 아무것도 모르는 채로 평소의 나답게 다가갔다면 소연이와 잘 되었을지도 모르는데.

담임이 초췌한 얼굴로 종례하는 동안, 나는 생각이 많았다. 계속 밀어붙이는 게 맞는지, 아니면 포기해야 할지. 이대로 마음을 접자니 속이 쓰리고, 밀어붙이자니 민망하다. 이젠 결론을 내려야 했다. 머리가 핑글핑글 도는 느낌이었다.

"소연아, 이리 와 봐!"

다음 날 아침, 소연이가 등교하자마자 친구들이 요란하게 손짓했다. 나는 일부러 책상에 엎드려 있었다. 소연이와 눈을 마주치고 싶지 않아서였다. 소연이는 친구가 부르는 쪽으로 다가갔다. 그곳은 청소함 근처였다.

"너 이거 잃어버렸다고 하지 않았어?"

"진짜네. 이게 왜 여기 있지?"

소연이와 친구들이 발견한 건 연보랏빛 리본 모양 머리핀이었다. 한 달 만에 다시 주인에게 돌아간 것이다. 나는 책상에 얼굴을 파묻고 있었지만 소연이가 기뻐하는 걸 충분히 느낄 수 있었다.

전날 종례를 마친 뒤에도 나는 교실에 남아 한참을 고민했다. 원래는 소연이와 마지막으로 대화하고 머리핀을 돌려줄 생각이었다. 오해도 풀고 싶었다.

하지만 모든 게 구질구질하게 느껴졌다. 사귈 거면 고백하고, 아니면 마는 거지 왜 이리 질척대려는 건가.

결국 나는 아무도 없을 때 소연이의 머리핀을 놓아줬다. 그리고 동시에 소연이도 내 마음에서 놓아주기로 했다.

생각을 엿들어 보니 소연이의 마음에 상처가 있다는 걸 알았다. 하지만 나는 그것을 감싸 주지 못했다. 나는 그 상처를 어떻게 어

루만져야 하는지 몰랐다. 내 능력으로 소연이의 마음까지 얻을 수
는 없었다.

다른 사람의 생각을 엿들으면 행복해질 줄 알았다. 능력을 이용
하면 신나는 일만 가득할 줄 알았다. 하지만 현실은 그리 달콤하지
않았다. 무언가를 의도할 때마다 엉뚱한 쪽으로 사건이 터졌다. 내
가 능력을 다루는 것이 아니라 능력이 나를 질질 끌고 다니는 듯
했다. 인간관계가 전보다 엉망이 됐다.

소연이의 웃음소리가 귓가에 맴돌았다. 마음이 시렸지만, 한편
으로는 홀가분했다. 이제 소연이는 내게 아무것도 아니다.

나는 아침 내내 죽은 듯 엎드려 있었다. 누구도 내게 말을 걸지
않았으면 했다. 정리해야 할 생각이 너무 많았다. 그동안 내 주변
의 일들이 왜 이리 꼬였는지 차분히 따질 시간이 필요했다.

내가 생각이란 걸 하다니. 기적 같은 일이었다.

아빠의 양말 3

창으로 스며든 햇살이 유난히 밝았던 이튿날은 5월 17일 토요일. 내 생일이었다. 딱히 기대하지도 않았는데 오전 8시에 저절로 눈이 떠졌다. 주말 아침 일찍 흐르는 고요함이 낯설었다.

점심부터 친구랑 후배들과 생일 파티를 하기로 되어 있었다. 먼저 중국 음식점에서 실컷 먹은 다음 볼링장을 가기로 했고, 단골 메뉴인 피시방에 들렀다가 노래방으로 마지막을 장식할 계획이었다. 다만 음식점에서 내가 쏴야 하는데 남은 용돈이 없었다. 무척 난감한 상황이었다.

할 수 없이 안방에 굴러다니는 현금이 있는지 뒤져 봐야 했다. 아빠는 돈을 놓고 다니는 경우가 많았고, 심지어 기억 못 할 때도 있었기 때문이다. 흔적을 안 남기고 물건 뒤지기에는 나름 노하우가 있었다. 단번에 몸을 일으켜 안방으로 향했다.

하지만 아무리 뒤져 봐도 만 원은커녕 천 원짜리 한 장도 나오지 않았다. 아빠가 요즘은 돈 관리를 하는 모양이다. 결국 포기하고 안방에 드러누웠다. 다른 방법을 찾아야 했다.

그때, 내 휴대폰이 울렸다. 주말 아침부터 전화 오는 경우는 거의 없다. 재빠르게 달려가서 살펴보니 다름 아닌 엄마였다. 내 생일이라 전화한 듯했다. 나는 받을지 말지 10초쯤 망설였다.

"여보세요."

결국 무뚝뚝하게 받았다. 지난달의 엄마 생일 때 분위기를 기억하기 때문이었다. 그때 새로 생긴 능력을 말해 주었더니 엄마가 나랑 더는 통화하지 않으려고 했었다. 그날 이후로 처음 연락하는 것이었다.

"여보세요? 엄마야. 여보세요?"

내가 아무 말이 없자 엄마는 통화 상태가 불량하다고 여기는 모양인지 계속 같은 말을 반복했다. 이젠 전화로밖에 만날 수 없는 엄마에게 입을 떼기까지는 꽤 오랜 시간이 걸렸다.

"들려. 말해."

엄마 목소리에는 지난번보다 온기가 서려 있었다.

"우리 아들 생일 축하해 주려고 전화했지."

"나도 알아."

말이 자꾸 엇나갔다. 오랜만의 엄마 전화가 반갑지 않을 리 없었다. 생일 파티하게 용돈 좀 계좌로 쏴 달라고 부탁하고 싶었다.

엄마는 내 부탁을 들어줄 사람이었다. 하지만 말이 쉽게 나오지 않았다.

"말투가 어째 아빠 같네."

머리를 한 대 맞은 기분이었다. 내가 세상에서 가장 닮기 싫은 사람을 말하다니.

"내 말투가 뭐 어때서?"

하지만 또 말이 거꾸로 나갔다. 수화기로 한숨이 넘어왔다.

"아니야. 엄마가 말을 잘못했네. 요즘 별일 없지?"

시시콜콜한 안부 인사가 오갔다. 엄마는 밥을 해 먹지 않는 것에 대해 전과 똑같이 잔소리했고, 아빠가 집에 신경을 쓰기 싫어 도우미 아줌마를 고용한 것을 한탄했다. 그리고 내가 엄마의 생각을 엿듣고 있을 거라 판단했는지 자꾸 "너도 알겠지만"이란 말을 붙였다. 그러니까 엄마는 지금, 내가 자기 생각을 다 듣는다고 여기면서도 생일을 축하해 주려고 전화한 것이다. 오히려 좋은 기회였다. 적어도 지금은 내게 거짓말을 못 할 테니까. 나는 거두절미하고 궁금한 걸 물었다.

"엄마는 왜 아빠가 싫어진 거야?"

아빠는 엄마와 갈라선 걸 엄마 탓으로 돌렸었다. 엄마가 이기적이었다고 말했다. 두 사람의 문제는 내게도 중요했다. 내가 소연이의 생각을 들을 줄 알면서도 사귀지 못하게 된 것과 비슷했기 때문이다. 엄마는 잠시 당황한 듯했으나 이내 한숨을 폭 쉬었다.

"영우야. 아빠 처음부터 그랬던 건 아니야."

과거를 더듬는 듯한 목소리였다. 엄마는 계속 말했다.

"연애할 때는 네 아빠가 얼마나 잘해 줬는지 몰라. 기념일도 다 기억해서 챙겼고, 머리 스타일이나 옷차림을 조금만 바꿔도 알아봐 줬고, 내가 뭘 먹고 싶어 하는지도 잘 파악했지. 어쩜 그렇게 내 마음을 잘 알아주나 싶었어."

엄마의 목소리는 어두워졌다.

"그런데 결혼한 다음부터는 사람이 변하더라고. 나를 관리하듯 대하는 거야. 내가 잘못하면 캐묻고, 용서라고는 눈곱만큼도 없었어. 나더러 생각이 괘씸하다는 거야. 솔직히 내가 뭘 그리 잘못했겠니. 엄마도 다 생각이 있는 사람인데."

엄마는 여기까지 말하고 머뭇거렸다. 뭔가 꺼내기 어려운 말이 있는 모양이었다. 나는 계속 침묵으로 일관했다. 그런데 엄마는 내 능력을 의식했는지, 뒷이야기마저 술술 풀어놓았다.

"엄마가 정말 기가 막혔던 게 뭔지 아니. 아빠가 생각을 엿듣는 능력이 있다는 걸 결혼한 지 10년 넘어서야 밝혔다는 거야. 네 아빠가 어째서 연애할 때 내 마음을 귀신같이 파악했는지, 결혼해서는 왜 그리 냉정하게 굴었는지 그제야 알겠더라고. 그때부터 도저히 네 아빠랑 같이 살 수 없었어."

엄마의 목소리는 점점 젖어 들었다.

"너는 잘 모를 거야. 매일 감시당하는 기분이 어떤 건지. 말뿐 아니라 생각까지도 통제당하는 느낌이 뭔지. 그냥 살다가는 정말 미쳐 버릴 것만 같았어."

"그래서 나중엔 막 나간 거구나?"

엄마의 숨소리가 턱 막혔다.

"아빠가 그러디? 엄마가 막 나갔다고? 막 나간 건 네 아빠였지. 자기 생각대로 움직여 주지 않으니까 손찌검이나 하고. 엄마도 다른 사람들처럼 친구랑 같이 여행도 좀 다니고 쇼핑도 하고 싶었어."

이 얘기는 나도 기억하고 있는 일이었다. 당시 나는 초등학교 6학년이었는데 이혼 직전이라 집안 분위기가 험악할 대로 험악해져 있었다. 엄마가 툭하면 비행기 표를 끊고 친구들과 괌이니 홍콩이니 하며 해외여행을 떠났고, 갑자기 반지나 팔찌 같은 물건을 사들여서 아빠와 싸우던 시절이었다. 그땐 나도 엄마의 행동이 이해되지 않았었다. 하지만 그런 엄마를 손찌검하는 아빠는 더 이해할 수 없었다. 당시 내가 할 수 있는 일은 방에 들어가 귀를 틀어막는 것뿐이었다.

나는 주워들은 이야기를 해 주었다.

"아빠도 엄마 생각을 듣고 싶어서 들은 게 아니었대. 가만히 있어도 자꾸 엄마의 속마음이 들렸다고 하더라고. 그래서 자기도 미치는 줄 알았대."

말하고 보니 아빠를 변호해 버린 느낌이었다. 엄마는 처음의 담담한 목소리로 돌아와 있었다.

"알아. 아빠가 엄마랑 싸우고 나서 화해할 때마다 하던 소리였어. 그러면 뭐하니. 며칠 안 돼서 또 심문당하고, 또 다투고. 그런 생활이 반복될 바엔 차라리 갈라서는 게 낫다고 생각한 거지. 기가 막힌 게, 아빠가 또 내 생각을 듣고 먼저 헤어지자고 하더라고."

엄마 아빠의 입장 차이가 하나도 좁혀지지 않는 상황. 벌써 3년 가까이 지났건만 아직 적대하고 있는 두 사람의 마음 상태. 이쯤 되면 아빠의 능력에 대한 결론은 내려진 셈이었다. 타인의 생각을 엿듣는 능력이 저주가 아니라, 그걸 소유한 사람의 마음이 미성숙한 게 저주였다. 이건 나도 마찬가지였다.

나는 힘주어 말했다.

"난 절대로 아빠처럼 안 살 거야."

"…"

"다른 사람이 속으로 날 욕해도 그러려니 하려고. 나도 이 능력 때문에 마음고생 좀 했거든."

"…"

"그리고 지금 엄마 생각 하나도 안 들려. 전화 통화론 들을 수가 없어. 그러니까 눈치 안 봐도 돼."

그제야 비로소 엄마가 말했다.

"오늘은 네 생일인데 엄마가 선물 받은 기분이네. 고마워. 너라도 그렇게 말해 줘서."

엄마의 목소리가 다시 촉촉해졌다. 그러고는 뭐 갖고 싶은 것이 있느냐고 물었다. 머릿속에서 당장 현금이 필요하다는 생각이 들었지만, 아무것도 없다고 대답했다. 다짐을 하고 난 직후라 왠지 그래야 할 것 같았다. 엄마가 다음엔 얼굴을 보자는 말을 남기고 전화를 끊었다. 이게 우리 통화의 끝이었다.

약속 시각이 어느덧 1시간 남았다. 나는 생일 파티 자금을 구해야 한다는 현실을 제쳐 두고 가만히 누워 있었다. 그리고 끊임없이 생각했다. 생일에도 연락이 없을 만큼 무심하기 짝이 없는 아빠에 대해서였다.

지금도 근무 중인 아빠는 자신의 특별한 능력을 직장에서 활용하고 있을 터였다. 아빠는 아주 쓸모 있는 능력이라 생각할지 모르겠지만, 내가 볼 땐 아니다. 아빠는 그 능력을 감당하기 버거웠다. 그런 능력이 없었다면 지금보다 행복하게 살았을 것이다. 다른 사람의 생각을 듣는 건 판도라의 상자를 여는 일과 같고, 아빠는 상자를 열어도 될 만큼 지혜롭지 않았다. 그 증거로 엄마와 헤어졌고, 나랑 사이가 안 좋은 점을 들 수 있다. 가족도 못 챙기면 말 다한 것 아닌가.

나도 잘한 건 없었다. 준혁이한테는 생각만 엿듣고서 폭행을 가했고, 상진이의 사고는 예방할 수 있었음에도 관심을 두지 않아 막지 못했다. 비밀을 떠벌린 바람에 소연이와 멀어지기도 했다. 모두 내가 미숙해서 벌어진 일이었다.

그래서 나는 능력 사용을 무기한 중단하기로 했다. 그게 몇 달이 될지, 몇 년이 될지 모르겠다. 적어도 누군가 날 욕하는 걸 들었을 때 태연한 정도는 돼야 할 것이다. 유혹을 뿌리칠 수 있을지 의문이지만, 다른 사람의 물건을 훔치지 않으면 능력을 거의 쓰지 못하니 마음먹으면 실천할 수 있었다. 나는 지금까지 훔친 물건을 모두 돌려주거나 폐기 처분했다. 아빠의 냄새나는 양말만 빼고 말이다. 아빠 것은 그냥 갖다 버릴 셈이다.

철컥.

그런데 내가 일어남과 동시에 현관문이 열렸다. 바로 아빠였다. 이 시간에 집이라니. 전혀 예상치 못한 타이밍이다. 나는 주뼛주뼛 거실로 걸어 나갔다.

"주말인데 벌써 일어났나?"

정오가 다 되어 가는데 이런 인사나 듣다니. 그동안 내가 얼마나 게으름뱅이로 찍혀 있었던 걸까.

"좀 이따 생일 파티 있어서."

"그러셔. 누구랑?"

왠지 빈정대는 느낌이었다. 챙겨 줄 것도 아니면서 묻기는.

"친구랑."

나는 건성으로 대답하고 소파에 앉아 텔레비전 채널을 돌렸다. 이 시간에 재미있는 게 나올 리 없었지만 아빠와 단둘이 있을 때

어색함을 달래기 위한 몸짓이었다. 나를 빤히 바라보던 아빠가 가방을 열어 무언가를 꺼냈다.

"야, 이거 받아."

그러고는 내게 휙 던졌다. 조그만 상자였는데 담뱃갑보다 좀 더 길쭉한 것들이 여러 개 붙어 있는 모양이었다. 포장지도 아닌 흰 종이를 테이프로 대충 붙여 놓은 것이었다.

"뭐야 이거. 설마 생일 선물?"

허접한 포장보다도 놀라운 건 아빠가 나한테 난생처음으로 생일 선물을 줬다는 사실이었다. 나는 그 자리에서 포장지를 조심조심 뜯어보았다.

"에이 씨, 뭐야 이거."

내가 이 말을 내뱉을 때, 아빠는 화장실에 들어가 용변 본 후 물을 내리고 있었다. 아빠가 준 선물은 다름 아닌 양말 세 켤레였다. 그것도 자기 취향으로만 골랐는지 흰색, 회색, 검은색으로 무채색 3종 양말 세트였다. 진짜, 요새 누가 생일에 이딴 걸 준단 말인가. 몇 분 뒤에 몸을 씻고 나온 아빠가 심드렁하게 뱉었다.

"축하한다고, 인마."

게다가 얄밉게 웃기까지 한다. 뭐지 이건. 지금 날 약 올리는 건가? 이런 분위기에 차마 대들지는 못하겠고, 핀잔이나 주는 게 고작이었다.

"생필품은 평소에 사 주시라고. 1년에 한 번뿐인 생일인데 너무

하네.”

아빠는 대답 없이 젖은 머리를 수건으로 비비고만 있었다. 나는 아빠가 개처럼 고개를 투르르 터는 모습을 지켜보았다. 머리숱이 많이 줄었고, 흰머리도 눈에 띄게 늘었다. 게다가 머리카락이 밑으로 축 처지니 볼품없이 늙어 보였다.

“염색 안 해?”

“이쪽 바닥은 어려 보여서 좋을 거 없어.”

나도 30년 지나면 저렇게 되려나. 순간 아빠가 안쓰러워 보였다. 내가 갑자기 왜 이러지. 엄마랑 통화한 지 얼마 안 돼서? 아빠가 밤낮없이 일만 해서?

“뭘 그렇게 쳐다봐. 그래 봐야 소용없을 텐데.”

“생각 들으려 한 거 아니거든!”

일부러 더 쏘아붙였다. 아빠는 그러든 말든 상관없다는 듯 옷가지와 물건을 챙겼다. 평일 내내 일했는데 또 일하러 가는 모양이다. 주말마저도 잠복이라니. 세상 모든 범인을 혼자 다 잡으러 다니는 건가. 아니면 여자 만나러 가는 걸까. 하기야, 저런 몰골로 연애는 무리겠지만.

오늘따라 계속 말을 걸고 싶었다. 나는 무의식적으로 불렀다.

“아빠.”

“…”

“아빠!”

"왜 인마!"

그런데 막상 부르고 나니 할 말이 없었다. 아빠는 가방을 거의 다 챙겼고, 이대로 나가면 또 며칠간 대화 단절이었다. 아빠하곤 흔한 카톡조차 나누지 않으니까. 나는 어떤 말이든 꺼내야 했다.

"요즘 어때?"

"뭐가."

"그냥… 살 만하냐고."

아빠는 날 쳐다보지도 않고 대꾸했다.

"싱거운 놈, 별걸 다 물어보네. 죽지 못해서 산다, 왜."

농담 같은 말투인데 내겐 아빠의 말이 진담으로 들렸다. 아빠가 죽지 못해 사는 것. 정확히 말해, 저렇게 특별한 능력을 가지고도 행복하게 살 줄 모르는 것. 이게 바로 아빠가 안쓰러워 보인 이유였다. 그동안 아빠가 밉기만 했는데 지금은 조금 달랐다. 나도 씁쓸한 현실을 맛봐서일 것이다.

현관에서 아빠를 배웅했다. 아빠는 서둘러 구두를 신었고, 머리를 빗을 시간조차 없는지 손가락으로 살살 매만지고 있었다. 내가 빤히 바라만 보고 있었더니 아빠가 눈을 크게 뜨며 물었다.

"오늘따라 왜 그렇게 쳐다봐?"

당신이 불쌍해 보여. 이렇게 대답할 순 없기에 나는 말을 돌렸다.

"생일 파티하게 돈 좀."

손을 내밀었더니 그제야 아빠가 픽 웃었다.

"어쩐지, 그럼 그렇지."

아빠는 지갑을 펼치더니 5만 원 지폐 두 장을 꺼냈다.

"자, 인마."

생각보다 큰돈이었다. 그런데 이상하게 막 기쁘지만은 않았다. 그 이상의 액수가 나왔더라도 마찬가지일 것 같았다. 어째서 아빠의 늙어 버린 얼굴과 희끗희끗한 머리털이 눈에 더 들어오는 걸까.

"아빠 간다. 사고 치지 말고."

현관문이 열렸다가 쿵 닫혔고, 아빠는 사라졌다. 나는 그대로 한참을 서 있었다. 왠지 꼼짝도 할 수 없었다. 손바닥 위에 놓인 지폐 속 인물마저 처량 맞아 보였다. 거실 바닥에 놓인 양말 세 켤레가 눈에 들어왔다. 난생처음으로 아빠에게 받은 생일 선물이었다. 갑자기 눈앞이 몽글몽글 흐려졌다. 에이, 나 원래 이런 놈 아닌데. 소매로 닦았는데도 성가시게 다시 젖어 들었다.

나는 선물로 받은 양말 세 켤레를 내 방 서랍 속에 넣어 두었다. 그리고 그곳에 숨겨 두었던 아빠의 헌 양말을 꺼내서 아빠가 벗어놓고 간 옷가지와 함께 세탁기에 집어넣었다. 모든 동작이 의식을 치르는 것처럼 엄숙히 이루어졌다. 이로써 훔쳤던 아빠의 물건도 원래대로 돌려놓았다.

생일 파티는 아직 하지도 않았는데 벌써 한 살 더 먹은 느낌이었다. 거울을 보니 정말로 삭은 얼굴이 보였다. 눈물 자국 때문에 더욱 못생겨 보였다.

나는 일부러 그런 나를 노려봤다. 아무렇지 않은 듯 휘파람을 휙, 불어 주고 고개를 우두둑 꺾어 살아 있음을 과시했다. 거울 속의 녀석도 기세가 만만치 않았다. 이번엔 자존심을 내려놓고 일부러 바보 같은 표정을 지어 보았다. 거울 속의 녀석도 얼간이가 되었다. 그리고 같이 웃음을 터뜨렸다.

생일 파티 20분 전. 기분이 좋아지는 마법을 하나 터득한 순간이었다.

에필로그

"한 달 뒤에 보자. 보호자랑 같이."

나는 신경과 의사에게 말없이 인사하고 진료실을 나섰다. 내 머릿속 덩어리에 필요 이상의 관심을 쏟는 걸 보니, 이제 병원을 옮길 때가 되었나 보다. 아빠하고는 떨어져 자취한 지 2년이 다 되어가기에 새삼 이런 걸로 연락하기도 애매했다. 요즘 연애하느라 정신없는 아빠는 내가 사고 치지 않고 지내는 걸로 감지덕지할 것이다. 서로에게 거침돌이 되길 원치 않는 건 아빠나 나나 마찬가지였고, 그래서 난 예정대로 독립했으니까. 병원을 나오자마자 쌀쌀한 바람이 몸을 휘감고 지나갔다.

나의 그 무렵 한 달의 기억은 여기까지다. 그때 이후로 내 인생은 조금 달라졌다. 더 이상 거드름을 피우지 않았고, 물건을 훔치거나 삥 뜯지 않았으며, 친구나 후배를 괴롭히는 일도 그만두었다.

풍기랑은 그해 여름에 다시 한번 붙었다가 꼴좋게 당하고 말았다. 그 뒤로는 패거리도 해산하고 졸업 때까지 조용히 지냈다. 준혁이와는 다른 고등학교로 갈리며 연락이 끊겼다.

나는 인문계 고등학교에 턱걸이로 입학했다. 꽤 수준 있는 학교라 1, 2학년 내내 성적이 바닥을 기었다. 같은 학교로 진학한 소연이는 우등반에 들어갔다. 소연이가 아직도 알바를 뛰는지, 형편이 어려운지는 알지 못한다. 분명한 건, 소연이는 여전히 상처를 숨긴 채 멀쩡한 척하며 살아간다는 것이다.

그리고 내 능력은 그 무렵 이후로 지금까지 사용하지 않고 있다. 판도라의 상자를 열려면 아직 멀었다는 생각이다. 물론 가끔은 유혹에 시달린다. 시험 볼 때나 마음에 안 드는 선생을 골탕 먹이고 싶을 땐 물건을 슬쩍하여 능력을 쓰고 싶은 게 사실이다. 하지만 그럴 때마다 상진이를 떠올리며 마음을 다잡는다. 녀석을 생각하면 장난으로라도 물건을 훔치고 싶은 마음이 싹 사라진다.

내가 이 능력을 다시 사용할지는 아직 미지수다. 언젠간 사용하면 좋겠지만, 어째 나이를 먹을수록 자신이 없어진다. 사람은 저마다 마음이 우주처럼 복잡하다는 사실을 알아가는 중이다. 다른 사람의 생각을 들었을 때, 그걸 태연히 넘길 만큼 내 마음이 단단하지 못한 게 문제다. 누구나 때로는 못된 생각을 하기 마련이고, 그 사실보다 중요한 건 실행 여부라는 것. 머리론 알겠는데, 생각이 들려도 어떤 편견도 갖지 않는 것은 평생 불가능할지 모른다.

얼마 남지 않은 나뭇잎을 가을바람이 흔들었다. 그리고 내 앞가
림이나 잘하라는 듯 앞머리를 휙, 쓸고 지나갔다.
오후를 스치는 구름이 빠르게 떠밀려 가고 있었다.

만약 자기 속마음이 다른 사람에게 들린다면?

이 이야기는 단순한 가정에서 출발했다. 처음엔 여러 웃긴 상황이 떠올랐다. 거짓이 탄로 난 줄 모르고 능청스럽게 구는 사람, 지체 높은데 가식이 절정에 달한 어떤 사람이 당하는 망신. 처음 구상할 때만 해도 지금보다 훨씬 풍자적이거나 유쾌한 이야기가 될 줄 알았다.

하지만 사유를 거듭할수록 녹록지 않은 현실이 드러났다. 누구에게도 말 못 했던 내 비밀이 생각났고, 어쩌다 주위들은 소중한 사람들의 사연이 떠오르기 시작했다. 누구나 그런 일이 있기 마련이다. 그렇기에 우리는 타인을 100퍼센트 이해할 수 없다. 그래서 '영우'라는 인물이 탄생했다.

누군가의 속마음을 들었을 때 우리는 대처할 수 있을까? 가족간에, 친구 사이에, 사제지간에 관계가 더 좋아질까? 우리는 어쩌면 상대방의 마음속에 감춰진 생각을 모르고 살기에 평화를 누리는 건지도 모른다.

몰라서 누리는 평화를 나는 부정해 왔다. 뭐든 제대로 알아야 안심하는 성격 때문이다. 영우의 발자취를 따라가다 보니 내 생각도 조금 달라졌음을 느낀다. 인류는 눈부신 과학 기술이 있어도 우주의 4퍼센트밖에 이해하지 못했다. 나머진 아직 미지의 영역이다. 그보다 깊을 누군가의 내면을 완전히 헤아린다는 건 당연히 불가능할 것이다. 그렇기에 겸손해야겠다는 생각이 든다.

책이 세상에 나오도록 힘써 준 서해문집과 이야기를 끝까지 읽은 당신에게 진심으로 감사드린다.

오늘도 누군가의 내면을 궁금해하며
박상기